美學時光

王俠軍的文創原型

雖沒嘗過苦痛，
但吟呻得卻比誰都大，
年輕的愁痛既虛幻也真實，
它咀嚼眼前的陰霾，
假想未來的明亮。

（19歲的王俠軍）

嚮往、期待，不如當下挺身而立，

在時光的蒼茫隧道中，感受天地之悠悠。

年輕的時候，總想和時間劃清界線，

甚至反抗時間刻度的束縛。

看到朋友已經在工作上有著一番作為，

我卻仍在自我摸索、試探，

一個月、兩個月、三個月過去了，

卻什麼事都沒有做，

只是不停地閱讀，時間彷如猛獸，

我不敢回頭造次，更不願張望。

戴著錶，凍結在自己虛構的世界。

（1998年為SWATCH SKIN系列設計錶座——「頂天立地」）

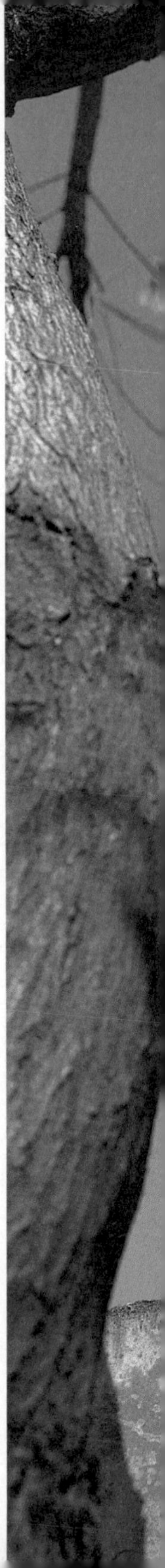

調整視力，看得更細節、看得更複雜、看得一塵不染。

景框，景深在平面所標誌的疏離，
冷陌在現實更自覺。
如果真要從鞋來「打量」一個人，
應該是我小時候做的事。
每回只要被大人推到陌生人面前品頭論足時，
陌生人親切地摸摸你的頭、摸摸你的臉頰，
我總是縮身低頭老大不願意，
露出一雙不安眼睛打量人。

（18歲的王俠軍）

我在古老的建築教室內，

屋外是大雪紛飛寒冷的冬天，

屋內是一個人在熊熊烈火前一點一滴

追求了解玻璃的極致美感，

對玻璃的憧憬企圖有許多許多等著實現。

然而就是現在一個在烈火前的我嗎？

有一點孤獨，也有一點寂寞，

可是另一方面卻感覺到一絲的驕傲和喜悅，

甚至孤芳自賞！

全台灣居然有這樣一個人孤零零的來學玻璃，

他的開始是優越還是責任？

是希望還是無知？

（相片攝影時間：1999年琉園）

想的、拿的、看的，有看不見的因果，

將它們緊緊地兜住，

才不致釀成眼高手低的結局。

費里尼說：我從來不曾看我的電影。

也許，我不曾再回頭看過自己的作品，

可是我卻不斷回頭去抓住我的樂觀主義，

好讓我的作品，一直保持著性感的姿勢，

深深打動每一個會愛著玻璃的人……

註）本書〈Origin原點〉與〈Process經過〉部分內容，曾收錄於1999年《品味基因》書中。

|Contents|目錄

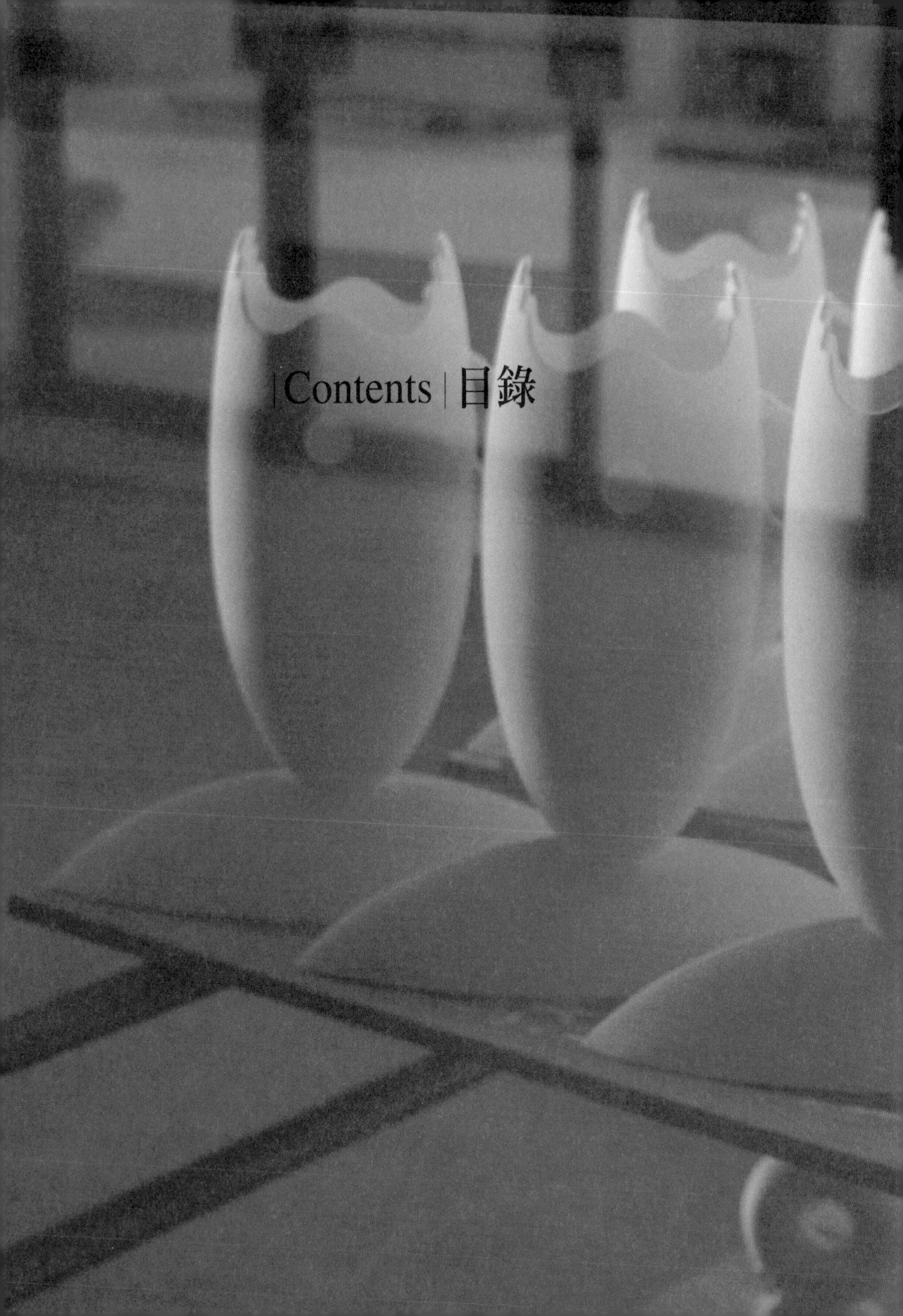

品味沈思錄

【文化評論家】南方朔

有耳目即有聰明，有心思即有智巧，但若自劃爲愚，未嘗竭思窮慮以試之耳。

——清・李漁《閒情偶寄》

有一種人，對社會的最大貢獻，乃是促成了生活的藝術化。在法國，他們被稱為「波希米亞人」（Bohemia）。

十九世紀的上半，巴黎的「波希米亞人」首次出現。他們是隨著城市擴張，文化需求漸增，而產生的一群高學歷年輕人，希望在時代的變化中能夠在文學藝術上伸展抱負。這些「波希米亞人」多半出身於巴黎或外地的中產階級，他們或許後來的人生有幸與不幸。但大量的文化青年卻無疑的形成了「品味製造者」的角色，建構出新的藝術化生活，影響著後來的中產階級，甚至並左右著某些新之學藝術形式的創造。「波希米亞人」很難被定義為那種階級，他們有著極大的曖昧歧義特性，但他們擁有「文化資本」則無可置疑，「文化資本」是一種會對藝術及生活的感覺去思考的資本。

而「琉園」主人王俠軍的這本抒情述感的散文，或許就可視為台灣一個中生代波希米亞人的生活及品味沈思錄。它不是甚麼「鉅型論述」，但就在各種生活瑣事的靜靜敍述中，他那種獨特且敏銳的感覺能力具現無遺。清代的戲曲和生活美學家李漁（笠翁）在《閒情偶寄》裡說道：「有耳目即有聰明，有心思即有智巧。但若自劃為愚，未嘗竭思窮慮以試之耳。」王俠軍之所以能經營「琉璃工房」及「琉園」異常成功，將台灣的玻璃藝術帶到另一個境界，其實並不是沒道理的。王俠軍是來自印尼的華裔子弟。在印尼的時候，家裡經營照相館、鑲金牙的店，以及成衣布匹為業，算是相當殷實之家。一九六〇年代中期的印尼暴亂，他的父親被拘三個月，於是舉家分兩次遷至台灣。小學念士林、中學念仁愛、而後進世新電影科，畢業後陸續做過攝影、編輯、房地產及廣告企劃，電影等許多行業，而後中年改行，到美國的底特律去學燒玻璃，學成後，回台成立「琉璃工房」，五年後又改設「琉園」。他一路走來，真是路徑歧亂。但他說：「我想每個人都有那類似羅盤密密麻麻的表面，顯示了各種走向與方位，而好奇心使我們從來不放棄沿著興趣，帶著熱情和信心，再參與新遊戲的機會。」而他顯然把握住了自己對生命的感覺和機會。

這本書裡，都是王俠軍對生命的瑣細隨想。他沒有去寫當年印尼暴亂，也不寫自己創業的如何如何，他關心的只是生活，包括生活裡的記憶和感想。他寫父親的高調品味、寫母親的能幹務實；他寫的多半是生活裡的瑣瑣細細的感覺，如空氣、觸覺、光影、酒、夢想、牛仔褲、咖啡、香水、錶、街道等等。而就在這些瑣碎中，對生命不隨便的態度，以及自然流洩的生活審美觀點也就汩汩而出。讀他的書稿，有許多地方都讓我想到波特萊爾當年在巴黎閒逛時所寫的那些隨筆。生活的美感是一種沒有目的之關心，也是一種對自己的感覺能力的挑戰。美存在於生活中。

美感經驗在生活中，這時候就讓人想到林語堂早年在《生活的藝術》裡說得非常清楚的道理。他顯然很受到德國思想家席勒（Johann F.von Schiller, 1759-1805）的啟發。他說：「藝術是創造，也是消遣。這兩個概念中，我以為以藝術為消遣，或以藝術做為人類精神的一種遊戲，是更為重要的。我雖最喜歡各式不朽的創作，不論它是圖畫，建築或文學，但我相信祇有在許多一般的人民都歡喜以藝術為消遣，而不一定希望有不朽的成就時，真正藝術精神方能成為普遍而彌漫於社會之中我寧願學校中教授兒童做些塑泥手工，寧願一切銀行經理和經濟專家能自製聖誕賀卡。我們知道這些都是出於自動的。而真正的藝術精神祇有在自動中方有的。」

美感存在於生活的瑣事中，祇是在過去漫長的歷史中，一則由於中國人的太過沈重，再者由於缺乏了普遍的富庶，因而遂使得中國人社會裡在生活中尋找美感的傳統不發達。在歷代典籍中，凡涉及生活品質者每多被視為小道，差不多要到了宋代，有關生活品質的著作，如《文房四譜》、《墨經》、《酒經》、《糖霜譜》、《香譜》、《花經》、《梅譜》、《菊譜》、《荔枝譜》、《洛陽牡丹記》，等始告大量出現。到了明清之際，始對生活的美感產生普遍自覺。它充分顯示在豐富的筆記散文中。只是到了近代，由於戰亂頻仍，生活素質再告退化，這種生活的美感也漸趨蕭索。類似於林語堂這類作家的評價也就恆低於另外那些政治社會型的知識分子。這種情況到了近年來，始由於人們要重新關切起各種生活品味的問題，而逐漸有了改變。

我們必須重拾生活中的美感經驗，但那不是對名牌美食或華屋的耽溺式消費，而是一種藉著沈靜的反思，而對生活中的周遭事務做出美感意識上的探索，讓人的存在更符合人性的需求，也讓人與人之間的相互共感更趨細緻。美感經驗經常會是一種創造的泉源。王俠軍這本隨興式的散文，很有他的風格特性。它沒有眩惑的外表，但在平凡瑣碎中卻又有著很細膩的聯想與追求，這本書是值得的。我和王俠軍並不認識，他透過友人請我先讀這份書稿。這是讀後的感想。本世紀最傑出的小提琴演奏家曼紐因逝世，我花許多時間閱讀他留下來的許多著作。曼紐因談到：一切美的事務，它終極的意義就是能增加我們的感應與體會溝通的能力，而使人成其為人。王俠軍的著作以另一種方式呈現著生活美感的沈思。姑且稱這篇短文為序。

理想與美感，凝而為動人的作品

【世界宗教博物館榮譽館長】漢寶德

王俠軍先生的「八方新氣」，是他所推動「新瓷革命」的成果。這是近年來，國內一片「文化創意產業」聲中最成功與最典型的案例。他兼具創發力與生產力，是成功的主要因素，值得公、私各部門倡導文創事業者參考。在創造力方面，他能熔傳統、美感、與生活於一爐，最為難得，也因此具有世界級的競爭力。

對我而言，最使我傾心的是他對美感的執著。我一直覺得美是一種國際競爭力。他在琉璃工藝上努力了那麼多年，建立起現代中國琉璃藝術的範式，已經在海峽兩岸廣為傳播，進而向全世界推進，幾乎成為新玻璃美學的代表。他又抓住新世紀時代的精神，為古老的瓷藝接續傳統，在潔白的基礎上，注入新的美感。他鍥而不捨的，把自己的理想與美感的標準凝而為動人的作品，呈現在我們眼前，實在是值得喝采與效法的。

壹 | Origin | 原點

童年空氣

讓時間緩慢、空間凝聚，生活的美好品質才能被好好地吸收。就好像設計的美感和創意，在心情真正沉靜後，才能感受到其中新意的原味。在一遍又一遍的舊夢重溫中，我們咀嚼、解讀、學習經驗裡的生活訊息，藉溫故知新使一切明朗。

我不知道自己在什麼時候開始對線條、設計與創作變得敏感而有興趣，但是我永遠忘不了小時候自己一個人常常在清爽的早晨跑到離家不遠的海邊，在擱淺廢棄的船上，看一群群躲在船艙裡面的小魚，和各式各樣的廢棄物糾纏。寧靜的夏日海邊，海水清澈透明，船身斑駁陰沉，一個人安靜感受海風輕輕拂過的輕柔和海灘不時刺鼻腥羶的驚覺，那種簡陋而深刻的單純筆觸，雖然常攪得空氣有些不安、枯燥，但卻寬廣自在。在沒有預設的心情，讓我有許多機會和時間，觀察我生活的環境。

因為印尼內戰的關係，有一整年裡我們幾乎是不上課的，那一年也許是我童年裡幸福的一年。雖然家裡請了家庭老師來教課，但是一天只上兩個小時的課程，其餘時間就是到處探險瀏覽的時光。遊戲的節令串聯著忘形和失落、勝利和疲憊。很奇怪，總是知道什麼時候是紙牌的天下，什麼時候是放風箏的季節，什麼時候口袋該放彈珠，什麼時候手腕上該套上橡皮筋；日子充實而緊湊，只要你有一身靈活的身手，讓你混得快樂而得意。

就拿當時有一種「菸紙盒」的遊戲，每個人拿出一定數量的菸紙盒疊放在遠遠的鐵罐上，十公尺外丟石頭比賽誰丟得準，誰就可以拿走所有的菸紙盒為戰利品，那時我和三哥彈無虛發，打遍天下無敵手。放風箏也是件考究的事，我和三哥是用盡心思研究如何把風箏做得漂亮，我們抽拔隔壁印度人家的竹籬笆當材料、削竹片製作骨架，按造型規矩糊紙，然後到處找玻璃，將玻璃用石頭搗碎和膠一起煮，再把線丟進去浸泡，接著抽出線頭，在兩個柱子間來回纏繞晾乾，線上黏上玻璃粉，而成十分銳利的玻璃線。於是即用玻璃線將風箏放上天空，熟練的技法，控制著風箏東西南北的飛向，當風箏線在空中和其他風箏線接觸，便有人的風箏會被切斷而墜下，這就叫作「鬥風箏」。有時抽線晾乾後，我們熟練地收線，將線捆上鐵罐，沾著玻璃粉的細線十分銳利往往把我們的手刮出一道道血痕；但是，等到看著天空，幾百件，幾萬件的風箏被秋天的海風吹得滿天飛舞，看著原來就在頭頂纏鬥很大的風箏，因放線的原因被我們好幾捆、好幾捆相連的線一直放，一直放，然後越來越渺小、越來越遙遠，兩個糾纏的風箏慢慢焦點消失，手指頭傳來刺痛的拉力，握著希望，緩緩放著長線，天空被一捆一捆的丈量，凝聚而龐大，快線盡源絕，求勝的心依舊怦然，那種氣魄和勇氣經過很久很久以後的現在，仍然聽得見！

童年裡許多空間所散發出來的緩慢空氣，讓我永遠忘不了。

譬如每次一聽到Dorothy Day的歌，床上的心情立刻舒展，因為對街鐘錶行，十年如一日每逢假日必大肆播放，告訴你今天是遊蕩的日子：坐著馬車往山上姨媽家避暑，午後馬蹄的噠噠聲，有節奏地附和心中快樂自在的嚮往；在後院乘涼母親教我吟唱的海南鄉村小調，雖然無法完全明瞭歌詞的意思，但是永遠忘不了那種在後院涼涼的旋律和母愛的厚實。

或者是下午茶烤焦的吐司，塗上牛油，再鋪層砂糖的香味，與頂級的咖啡豆研磨出來的咖啡香，或者是舅媽的家賣咖啡，長長黑黑的餐廳，一束斜射進來的光線，將中式的圓桌板凳所勾勒華僑離鄉背井的孤單，旅居二十年依然著唐裝的人影，在印尼的黃昏滲出中國南方沉靜的固執。

在環境悠閒而緩慢的日子，一顆好奇又好動的心，眼見所及都是豐富新鮮。

隔壁麵包店的打蛋機、理髮店的剃刀、腳踏車店的打氣筒、金店的冶金噴鎗，每家每戶刨椰子的工具，在印尼許多食物要用到椰子，所以家家必備刨椰子工具，在一張長板凳上插上一塊有鋸齒的厚鐵片，人跨著凳子，手握半顆帶殼椰子，對著扁平鐵片，一轉便刨出整塊果肉。過年過節這樣的差事經常是由我們小孩來完成，看到椰肉在臉盆堆成小山非常有成就感，也感到鐵片、凳子陳舊而實用的堅韌。每種器具讓人感受大人的深思熟慮和每樣東西因使用、因時間、因功能，閃爍了鞠躬盡瘁的驕傲光澤，磨損而變了形的痕跡變得更順暢而親切。

左鄰右舍門戶大開，可以隨時從這家的通道進入另一家的天井、可以從這一家的閣樓通往別家的露台，自由門戶變成我想像力發揮的空間，和對人觀察的通道。

像有個肥胖親切的遠房舅公，每次進到家裡就會直接往廚櫃拿肥豬肉吃，而兒時的我也變得喜歡吃肥豬肉的油膩與滋潤感。像內戰時舉家搬到鄉下房子避難，白天或深夜每逢空襲警報，一群人躲進防空洞，有個有錢的姨婆神經緊張，一有警報她一定爭第一個躲進防空洞，有兩回我在她旁邊還真的被她硬生生拉開，甚至有人惡作劇地突然開亮手電筒、「砰」的大叫一聲，都會有效地令她直竄防空洞。每年過年姨婆包的紅包是最厚的也是最薄的，因為都是一塊一塊錢的新紙幣，可是現在對姨婆的懷念最深，因為這其中蘊涵著畫面的、人性的幽默感。

人的踏實感也許不是因為賺很多錢，或者讀很多書，而是因為一場又一場的機緣，目擊了現場的感動，對無常有機的生命有著理性深刻的體認。

記得是一個下午，在巷子裡兩個擦身而過十七、八歲大哥哥，莫名其妙地突然擺起打架的怒目架式，我站在一旁角落目睹著這莫名其妙的變化，有些擔心、有些期待，感受彷佛世紀之戰的刺激。兩個大哥哥像武俠小説裡的劍客，隔著兩公尺之遠不斷轉圈，彼此臆測著對方的招數卻都未出招，角落的我聽到風聲、看見殺氣，其中一個是當地印尼人，父親是難惹的駐軍上校，另一位是華僑第三代的子弟，若比較起來，即使打贏了後者絕對沒有好結果，我有些擔心，他們繼續轉圈、轉圈，誰會使出第一招呢？旗鼓相當的個頭，誰會贏？我這個現場唯一的目擊者，期待像銀幕上俐落拳腳的演出。時間彷佛過了很久，突然，我看見兩人上前沒有出招反而嚴肅地握手言和。角落的我受到相當大的震撼，急轉直下怎麼變得這麼不可思議或説無趣呢？原來事情也可以有這樣的發酵，人間情事不必然要戲劇的浪漫，一樣拉開、一樣存在；沒有高潮、沒有結局，真實得令人夢幻。一直到現在，這突如其來的一幕，留給我極大有待馳騁和印證的奇妙空間。

是因為在那樣沉靜得有點像發黃老照片的時間裡，我一點一點目睹了關於房子的擺設、屋內的光線，還有許多商家空間的變化和習慣；自由進出在大人的規矩與遊戲之間，一點一點感受緩慢中所產生的巨大世界，容易被人忽略的真實世界。

後院這棵玉蜀黍，
從播種發芽一路呵護，
期盼到結果，
是我第一次完整的成長經驗。

觸覺靈感

我的指掌間甚至到現在，仍留著小時候靠在母親肚上的光滑膚質，以及最後在父親告別式上深深烙上指印的感覺。這是對他們永遠的記憶。

父親的形象一直是高高在上，他永遠是一個非常體面的紳士，從西裝、皮帶、領帶、鞋子到眼鏡、刮鬍刀，甚至內衣也一定永遠是港製三五純棉質的老牌子，對任何東西的要求相當考究與嚴格，有一次印象最深刻的是看見一張歐米茄手錶的帳單，上面寫著港幣五萬元，按照四十年前的社會環境，已經可以買下一整排房子了。

到了十七、八歲，他的衣櫃對我依然有著吸引力。他的鋼筆，往往是派克最新的式樣，對我們小孩來說，能擁有父親手邊最新型的派克筆，即使不向同學炫耀，揣在懷裡也有一份滿足感，也由於家裡常常有可以換的新筆，對筆有著直覺，什麼款式的筆能寫出什麼感覺的字！

父親受人愛戴敬重，但平時除了他的髮乳、鋼筆，常讓我敬而遠之，所以對父親是從旁處看著他的時間多，和他說話的時間少。他聰明嚴謹，很少責罵孩子，是物質的範本，還是精神的樣板？敬畏加上不苟言笑的距離感，想要了解與被了解恐怕都是困難的。倒是有些安全感來自對他的信心。

慷慨解囊，作風海派的父親，常常也是兩萬、三萬地接濟想留學或回大陸缺少經費的親戚。以當時來說，那是大筆的數字；就是來台灣以後，憑著對朋友的信任，相信承諾勝過法律，是人最不可懷疑的唯一價值，江湖豪情還是文人的迂腐？永遠不屑新秩序的遊戲規則，於是許多土地和房子一一借貸出去，最後也總是不了了之。

正直的父親永遠穿戴整齊，在我大三的時候，罹患肝癌去世。我到醫院收拾父親的遺物時，發現抽屜裡一把生鏽的水果刀，心裡不禁難過起來，我想，父親怎能

自家的全家福在自家拍

忍受水果刀上的鏽漬？然而生病後期，想他恐怕也沒有力氣再去保持什麼。是因為長期以來和父親的無言，讓我在他生病的那段時間裡，我更不知道要和他說什麼、聊什麼？你已經知道你將有所遺憾，但也只能看看他，最後一刻不必刻意去勉強改變什麼吧。就像小時候冷眼旁觀他的一舉一動一樣，總是水到渠成安全過關，但這次對他不具信心了。

父親的葬禮如同傳統的告別式一樣，別人怎麼說我們就怎麼做，當時空氣瀰漫儀隊吹出的凌亂單薄的哀樂，不中不西，令人茫然無助，總覺得以這樣的荒謬聲調和氣氛是可傳到往生者身上的唯一媒介，藉由它，陰間也了解了人間悲傷。蓋上棺木時，我永遠忘不了，想著高高在上的父親有他的邏輯與生活方式，而從來沒有和父親做過溝通的我，心想也算是最後的機會吧，終於承認這個永別的事實；一個永遠的希望，我舉起我的手掌在棺木上一層厚厚的未乾油漆上，重重的捺上指印，我清楚看見自己的大拇指紋蓋在上面深刻的光影，就算是和父親最接近的一次吧！透過指印，我的掙扎、我的遺憾慢慢在嗩吶聲中咀嚼出悲傷的味道。

母親連續一個星期不時哼著一種哀傷傾訴的調子，年輕的她很早就離開海南島家鄉，隨著父親到印尼然後再到台灣，不知道為什麼她能夠哼出那樣的調子？勸也勸不停。

如果和父親的疏離相比，母親對我的影響顯然是相當深刻的。她的付出常常讓我感受到女人無盡的包容力、柔軟度、韌性與吸收力，總覺得只要任何問題、任何事情一到她那裡就都不是問題了。尤其是母親的手永遠可以變化出許多神奇的溫暖，是所有的母親都有的魔力吧！

草蓆上的破洞，她可以找到相同的材料補起來，讓你完全看不出痕跡，我們睡覺的床墊，都是她裁縫，塞緊棉花，一針一針間隔的穿縫，然後很整齊一排排捆綁起來，像一個個結實的沙包，人躺在蓬鬆的棉花球上非常舒服，睡久了塌了，等有太陽的日子拿出來曬一曬、拍一拍就又完全恢復蓬鬆的樣子，晚上鋪好床單感受太陽溫暖的焦熱和母親的勤快。

母親其實就是生活的感覺。她隨手播撒的種子就有了成園的菜，她揉就的麵粉就有一籠籠的饅頭，粽子、年糕、香腸……跟在母親身旁的我常常被逮去攪和，讓我把許多力氣花在勞動上。

在印尼過年的時候，每個人都要買新衣服、照相和鑲金牙，母親的工作也包括了這三項。尤其是照相的功力，母親是全鎮有名的；過年的時候我們的店總是大排長龍，原本五、六點就應該打烊，到晚上九點十點都還有人排隊；鑲金牙的功夫亦如是，如何將磨碎的金粉回收燒成一塊塊，如何用滾筒絞成薄薄的金箔片，再按翻好的石膏牙模裁接燒銲打光，那是需要細心磨練和巧手；成衣廠裡也是母親幫客人量身訂做，帶領一群女工剪裁和打版，母親的十八般武藝，有的是外祖父留傳下來，有的是分擔父親的工作。

在那樣的多變空間下，常讓我感到好奇有趣，在一個像玻璃屋的房子裡，鑲牙的電動椅，鈕一按就可以調高調低，按重量注滿水的漱口杯、探照燈、鏡子，還有各式各樣的剪刀，剪金箔的剪刀、鋸齒狀的剪刀，每一把似乎都可以剪出一個故事，我用手觸摸、用手實驗，整個環境都是新鮮的遊樂工具，雖然被警告不要去碰觸，卻從未停止對它們的好奇玩弄。而母親更常常教我們用手真正地去執行許多生活中的技能，例如把床罩四角鋪平、把蚊帳掛起來時要如何整齊地塞進床墊底下，那時雖然是一種生活的要求，可是每每母親掀起蚊帳，幫我蓋上床被時，她的溫暖不知不覺深深覆蓋在我身上，燈光昏黃帳紗朦朧，我看見她的微笑，彷彿生活裡處處是陽光美夢。

小時候非常喜歡靠在母親的肚子上，輕輕地觸摸母親圓潤的膚質，心裡就會感到包容安靜，許多東西的感覺，也是真正去探觸之後，才發現質地底蘊的奧妙。我想父親的高調品味與母親的貼地實務，完美而和諧。

明亮新世界

每天不斷去開創的冒險，讓我感覺到自己永遠竄動在一股巨大的快樂中，迎向世界不斷上演著新鮮的樂趣，不要讓陌生阻礙。

印尼內戰平息後，有一天傍晚玩得一身臭汗回到家裡，家被包圍，看見父親被憲兵隊帶走，罪名是父親被懷疑是發動者之一，三個當地僑領被逮捕。那個時候在海外有些華僑的家裡幾乎都收有國旗、國父、蔣介石的照片，這是尊敬與嚮往祖國的愛國心情，幾天前這些我們一家人深覺驕傲和神聖的東西都藏了起來。

父親在牢中的時候，我常和母親坐著馬車去送飯。父親一直希望把子女送回台灣就學，三個月後父親無罪釋放，即帶著大姊、大哥、二哥回台，一年後，我和三哥、母親，才從我們住的城市輾轉往雅加達，經過香港到台灣。兩個月旅途和海上的航行，我們慢慢航向未知的未來，可是我卻有一份不知哪裡來的安全感？是對母親的信任，還是回歸祖國的優越感使然？總之，模模糊糊中，存在著偉大的、強烈的信心，我們在清晨告別一群哭哭啼啼的親友，從港口搭乘小船駛向停泊海中央三萬噸的「白晝號」，印尼話叫作 Matahari，意思是白天的眼睛。

第一段航程，幾乎是美麗的。沒有課業，只有碧海藍天和永遠有趣的船艙密室。風和日麗的海面上，海呈現深藍的寬廣，令人不禁深吸著海闊天空的舒暢，我常站在船頭看著一望無際的海洋，感覺這是一趟沒有目的、沒有終點、沒有盡頭的旅程。船上的設備非常周全：游泳池、完善的衛浴、早餐有人送的房間。

趁途中補給半天的空檔，母親帶著我們，坐著幾乎已經沉進海裡的小木船到補給的小島上，船上水手的槳像刀一樣劃過水面，接近赤道雖然豔陽高照，但陣陣海風非常舒適，到了小島上，坐著馬車，在市集上看到上好的布料，母親會即時購買，島上有一種法國製的杯子，圓弧透明造型，永遠摔不破，大中小尺寸齊全，不明白為什麼會到那樣的小島買那樣的杯子，而法國那樣的杯子，又為什麼會在這窮鄉僻壤的小島上？後來到台灣還常常向同學炫耀，家裡這奇怪摔不破的玻璃杯子。杯子現在還有幾個，每次看到杯上黃漬的刮痕，總會想到那個鮮明亮麗的赤道小島上的豔陽，和高聳林立的熱帶椰林。

有一次船駛入泡沫海域，連綿數十浬，水手說是飛魚蛋。我們在其中航行好幾個小時，還走不出這層層黃橙的浪潮，以前在住的海邊只感到海的親近，這一次的航行讓我完全深入海的美妙與不同凡響，每次聽朋友談到海，我的內心就自然響起海浪的衝撞聲，喜歡海洋就如同記憶著第一次航行的快樂、一望無際，那麼令人難忘。

但是從雅加達到香港的七天航行中，氣氛就不一樣，船上已經全部都是中國人，意識到自己將來就要在那樣的空間裡生活，竟有一種莫名的親切感，耳邊聽著濃厚印尼腔調的國語，覺得非常羨慕，他們竟然可以用國語溝通！雖然是怪腔怪調蹩腳國語，可是仍讓只會看不會說的我們感到自卑。這段旅程連海的顏色也不一樣，深黑渾濁，接近秋天的海面上，一出船就遇到狂風巨浪，我們的「白晝號」換成「重慶輪」，一波波狂浪幾乎吞沒船身，整艘船常常被高高騰起，螺旋槳轉空好像失去控制一樣，發出可怕的怪聲，而浪高風大我們的船被兩旁的巨浪包圍，船身搖擺人幾乎隨時會滾出船身，驚險的航行把所有的大人折騰得倒的倒、吐的吐，就連堅強的母親也耐不住顛簸，虛弱地生病了。可是，母親總歸是母親，只要我們隨時需要她，即使再痛苦她還是會起來照顧你、呵護你。

母親當時不到四十歲，在海南島出生，住印尼十幾年，語言不甚流利的情況下，帶著我和三哥，和十幾口行李木箱，繩結一節一捆重重綁住，每一站接駁換船時，十幾個箱子也必須跟著人走，一上碼頭只看見苦力一擁而上，搬的搬、抬的抬，母親都能控制局面計算精密，如此這樣一關一關將我們帶到台灣。

可以想像當時母親的焦慮與不安，但是對我來說，那樣的環境成為我最大的遊樂空間；在貨客兩用的商船上，每天看著甲板上吊車升降卸裝貨物的樂趣；和大家一起吃飯時，因為不懂怎麼使用筷子，只敢扒著眼前碗裡的飯而不敢夾菜；有一天洗澡不小心把一扇沒有門閂的門給關上，在船體的結構上，每一處小地方其實都經過精心設計與安排，那扇門被提醒好幾次不能扣上，可是誰知道一不小心我和三哥還是把它關上了。在完全封閉的空間裡，偌大的船艙，喊救命沒有人會理你，因為那時正是大家用餐的時間。我雖然恐懼但是反而不知哪來的靈感，發現原來在門閂的地方有一個小洞，我試著把牙刷伸進去旋轉，剛好卡住插銷，就把門打開了。

把門打開的經驗，好像把我創造冒險的心也跟著打開一樣，小小的心靈裡成就了面對僵局的信心，凡事都可以透過好奇的摸索一步步找到出口。因為一個不經意嘗試，往往帶來無法料及的結果。

到香港，人分兩路——到中國大陸搭原船，到台灣換四川輪，這時父親在香港，用小船接我們上岸共進一餐。我印象很深刻的是，父親帶來他常常向我們說起的蘋果和葡萄，以前常聽父親說蘋果咬起來像棉花一樣，讓我對蘋果充滿幻想，在印尼任何熱帶的水果都是一應俱全，不論芒果、木瓜、椰子、榴槤、紅毛丹、香蕉、山竹等等大大小小琳琅滿目，但是對蘋果卻有一種不可思議的夢想，而那一天我第一次聞到蘋果味，那是我從來沒有聞過的香味，我對台灣的第一印象——因為一顆蘋果的濃郁氣息特別深刻的蘋果香，還有令人清醒的葡萄甜酸味、令人窒息煤球的味道、父親為我們買的，胸前繡上方格圖案的毛衣味道，還有穿起來很神氣的皮夾克的味道，都是我記憶裡台灣的味道，與家鄉海邊的鹹鹹海風的味道截然不同；與在雅加達住在母親朋友家裡，天庭四周盡是綠色盆景的窗明几淨，每天嗅聞著乾乾淨淨的樸素截然不同；與往姑媽家幾公里綿延的橡膠園路上，吹著夏天的晚風，完全呈現五〇年代的歐化小鎮，露天籐編咖啡座的悠閒安靜，考究的餐廳設備，獨特的海邊公園，接連著布拉格風味的石板街道截然不同。

我們一站站地往前航行，一路吸收新鮮的感官刺激，一路感受探險的峰迴路轉，我睜眼所及無非只是一個九歲小男生所能理解的世界，但是這趟變化多端的航程，帶來明亮與燦爛，陌生沒有不安，當慢慢咀嚼時，才意識出那驚奇的香甜，就好像大人們說的，咬起來像棉花的蘋果充滿夢想一樣，我常常帶著這樣香甜的夢想，繼續探索未來。

看這裡，笑一個。
於是鏡頭捕捉了歲月和舅舅、
大姊、二哥、三哥的童年
以及尚未進入狀況的我。

品味一腳踏車

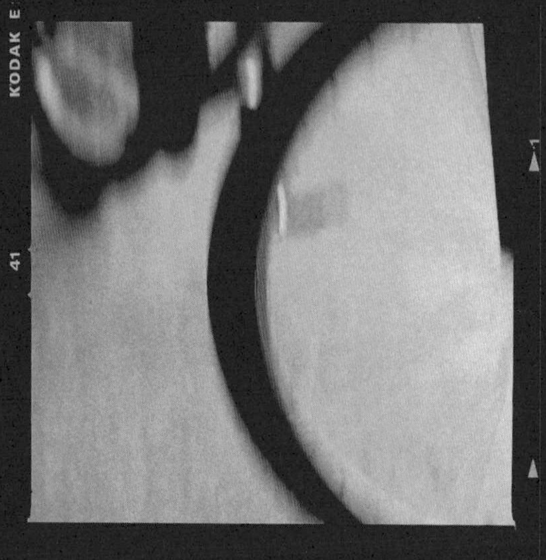

當對速度可以控制自如後，

四周都是美景。

一輛腳踏車做得如此徹底。

腳踏車，使我們在踏實緩慢的動作中領略生活。

當所有的事物都在快速的節奏中變化時，緩慢的形式有時是喚起感覺麻木的最佳良藥。

擁有年少渴望的一部腳踏車，我們歪著身，穿過橫桿學騎，過去有橫桿是男用車，上車時踏著腳，踩著行進，由後方跨上座墊。過去很少小孩專用腳踏車，而個子小腳又搆不到底，所以當時小孩都用這狼狽的方法學騎車；瘦小的身子，努力駕馭過分龐大的車身，一拐一拐地學習平衡，雙手握著龍頭，忽左忽右地扭捏前進，剛學騎車也奇怪，沒人的時候還可以精準地控制速度和方向，偏偏每次只要有人出現，總會控制不住往人身上撞去。

但是至少在換了四、五部腳踏車之後，慢慢才感覺到耗費在細節裡的樂趣是何等愉快與不同凡響。尤其特別喜歡把一整台車，從踏板、腳鍊、龍頭、把手、齒輪等等一一拆解上油、研究座椅要調高一點、龍頭盡量壓低，這樣坐騎時才夠酷，或者當時流行將書包掛在車桿上，但是我們偏偏愛學著老人家在前頭掛個籃子，或者星期六、日來個大解體，檢測車鍊、清潔上油，試試車燈和煞車、刷鋼圈、補輪胎……好比身體檢查後，經過總的照料；煥然一新的感覺帶來信心和快樂，車子輕快而柔服地滑行路面，也不再邊走邊響，偶爾停一下、失速一會兒是好的。

我的第一部二手車，是那麼與眾不同的綠。後來實在無法忍受一台綠色的腳踏車，而換回了正常的色系。然而還是願意為自己所擁有的事物，緩慢感受著獨自研究的樂趣。

上學快遲到了，就騎快一點吧！能主宰並應用速度是多麼重要。有時順路載公車票用完的同學回家，一腳一腳費力地踩，騎得滿頭大汗，才發現其實路好像一點都不順！座墊上可以感受著夏天的風，當然也必須忍受著冬天的大雨，手腳露在雨衣外面，凍僵的臉、冰冷的風，只想快一點騎，騎快一點，心裡想如果有變速的裝置就好。

在日本高山小鎮的冬天，和友人騎著腳踏車在雪地裡，沿著小鎮的商街走，在冰凍的地面只有慢慢地騎，也慢慢地讓雪飄落在身上和臉上，偶爾停下車來走走看看。北國明亮寧靜的清晨，又繼續騎，繞過神社合掌膜拜，聚集的人們在臃腫厚衣下呼出暖氣，再行感受寒冷空氣的寬廣，和乾淨寒冷的悠閒速度，它幾乎可以令時間暫停。

當對速度可以控制自如後，四周都是美景。一輛腳踏車做得如此徹底。

老氣橫秋的憂鬱

用電影鏡頭的「淡出」（Fade out）來形容，有些畫面的確已經漸漸消失在目前的生活當中：兩旁稻田的福和路上騎腳踏車的自由自在、牯嶺街翻閱一本本舊書、舊雜誌的正經八百、一天趕看三、四部電影的壯志豪情、和裁縫店師傅爭論褲管線條的面紅耳赤、拿著相機東拍西照的焦慮期盼、佛洛依德和卡繆的聳動蒼涼……那時年紀輕輕，無法確定的未來，而總有急於掙脫現實的一種抗爭和叛逆。

聽音樂，絕對不聽排行榜上的；看電影，國片幾乎不碰；穿制服，不是自己訂做的不穿……就連交朋友，老成持重也是當時很重要的心情和標準。

L是我初中、高中時期，在思想上和興趣上很接近的朋友。有時候，我們很少說話，我們兩個經常在L貼著壁紙充滿木頭味道的房間裡，斜斜照進的陽光，讓我們平靜地躺在陰暗中，聽著非洲、蘇格蘭民謠之類的音樂，床底下滿是從牯嶺街殺價買回的舊書，一聽就是四、五個小時，有時是Donnovan、鮑伯迪倫、瓊貝絲、披頭四……那麼長的時間裡，我們幾乎沒有說話，讓音樂陳述，情緒塞滿所有縫隙，一直到要回家時才會向彼此點個頭說著：我要回家，話說得比較多的時候應該是討論每星期五晚間播出的英國電視劇「復仇者」和每星期二的「密諜」，劇情討論延伸許多概念和思想上的辯證，我們從劇中主角戴的帽子、雨傘、服裝的縐褶、一個英國紳士的肢體動作暗喻了什麼？文明的習俗矯枉過正的細節呼應了什麼樣的美感情境？「密諜」裡失去記憶的間諜幻象，藉出現的神祕道具象徵著什麼樣的戲劇動機等等。任何細節都能夠有所激發和想像，相同趣味的話題，讓青春面對志趣、學業、成長得到了莫大的共識。希望早日像精明的探長，在千頭萬緒弔詭的案發現場，由知識、經驗、直覺裡，理出個明確的線索。

星期六有時候也會和L，從就讀的仁愛中學走回永和的家，拒絕搭乘週末擁擠的公車，我們從仁愛路，到杭州南路金甌商職、牯嶺街，過中正橋到永和竹林路，往往回到家已經下午三、四點了。

那樣走路的形式，也是憂鬱和茫然的一部分吧！就像我倆當時喜歡討論那些消失古文明的思緒一般，有著年輕神祕的傷感。

L對舊書特別偏執，連教科書課本都一定要用舊的。我許多關於國外攝影、服裝、機械雜誌一套、西班牙文學集都是從牯嶺街抱回家的，L的劇場雜誌、文星，李敖、雷震、郭衣洞的書，也是在牯嶺街尋寶找到的。舊書的質感，多少說明了心態的老成，總認為被選擇過的歷史痕跡似乎比較可信。

知識爆炸的憤怒青年時代，雖然書可以是越舊越好，但是穿在身上的服裝可不能馬虎，對一個十幾歲的孩子來說，流行比什麼都重要，雖然同樣的制服，但是被我們穿在身上的，就一定是要裁縫師傅特別溝通量身訂製的，船形帽內墊要加墊，看起來堅硬而高挺，大盤帽則要拗它個歪歪扭扭的，作為和乖乖牌同學們的區隔，也想像自己就是詹姆斯迪恩或馬龍白蘭度的灑脫，到西門町找美國進口的舊衣服，其中四、五十元流行的嬉皮裝，外頭是買都買不到，或者是父親皮底的雕花皮鞋，走起路來鏗鏗鏘鏘的踢踏聲都覺過癮。

是的，很早就想建立起自己行動的思想綱領。

進入高中後，和L進了附中，不同班也不同組，彼此認識各自的朋友，雖然星期六、日還是會到他家聽音樂，但是大部分的時間，與班上前後左右一群活潑好動的同學混在一起！

這群朋友，個性完全不一樣。

他們時常蹺課上西門町，愛看電影又沒錢，只好設法從戲院的後牆爬進去；遠征重慶南路東方出版偷書，失手被抓讓店家海扁一頓後寫悔過書了事；也偷排骨麵裡的排骨，明明點的是湯麵，但一上桌從外套內裡竟然掏出一塊油膩膩的炸排骨；抽菸、打彈子、交女朋友，書包裡永遠沒有課本，只有一副麻將和便當。

這群朋友，他們「出生入死」東征西討的活動，充滿爆發力和失序感，我們以不同形式面對自己的苦悶和不安；偶爾幫他們簽簽請假單上導師的名字，借點錢給他們上上館子打打牙祭，公車票剪一格、兩格讓他們應應急。對照自己的內向，我喜歡他們不顧一切的豪情和俏皮，面對校規、教官，一方面視死如歸；一方面提心吊膽，小過不斷，大過不犯，三年一晃就過，相信彼此以不同方式，也都為自己的青春，深鑿淺刻許多可喜可嘆的美妙回憶。

然而本質上的獨處感，好像從來不曾消失。

考大學時，L幾乎是完全按照自己的喜好，自由自在地追尋人文的科學，而我才開始搖撼立志做科學家的偉大抱負，面對熟悉熱中的物理、化學苦思難以決斷的新命題。後來L考上藝專影劇，我進入世新電影技術，雖然相關科系，但各忙各的，相聚漸少。閱讀、攝影和繪畫佔去我大部分的時間，蓄著長髮，穿著捷克涼鞋，不是待在暗房洗照片，就是背著相機四處拍照，所有對未知的答案，好像可以在快門和文字中找到，又好像可以在獨處中被遺忘。年輕總會封閉地在摸索著人生的方向，但是如果沒有經過一個苦悶而獨自的用力思索，所有的青春苦澀永遠只是青春苦澀，而無法沉澱。

好幾年沒有L的消息。只知道他住在巴黎的閣樓上，狹小的空間，僅容一張床的位置，書從四面已經落到天花板上，至今仍四處蒐集歐洲音樂的他，也是一直執著於自己的興趣，讀書、寫作，自在地活在淵博的知識裡。

我記得有一次，教L在仍是石子路面，四面稻田的福和路上騎腳踏車，四下無人，我坐在路邊大石頭上，他越騎越遠，一不留神，我發覺人不見了；L騎著騎著竟然直衝到旁邊的水田裡，把車推到家裡，我倆花好長的時間清洗L向哥哥借來的腳踏車……時間好像又慢慢Fade in 到永和的稻田、河邊烤地瓜的營火、牯嶺街的舊書攤、西門町的裁縫店，以及當時為自己取一個孤絕的英文名字：海涅，彷彿是紀念著那個青春不安的年代。

（吾日三省吾身。）

閱讀、攝影和繪畫佔去我大部分的時間，
蓄著長髮，穿著捷克涼鞋，
不是待在暗房洗照片，就是背著相機四處拍照，
所有對未知的答案，
好像可以在快門和文字中找到，
又好像可以在獨處中被遺忘。

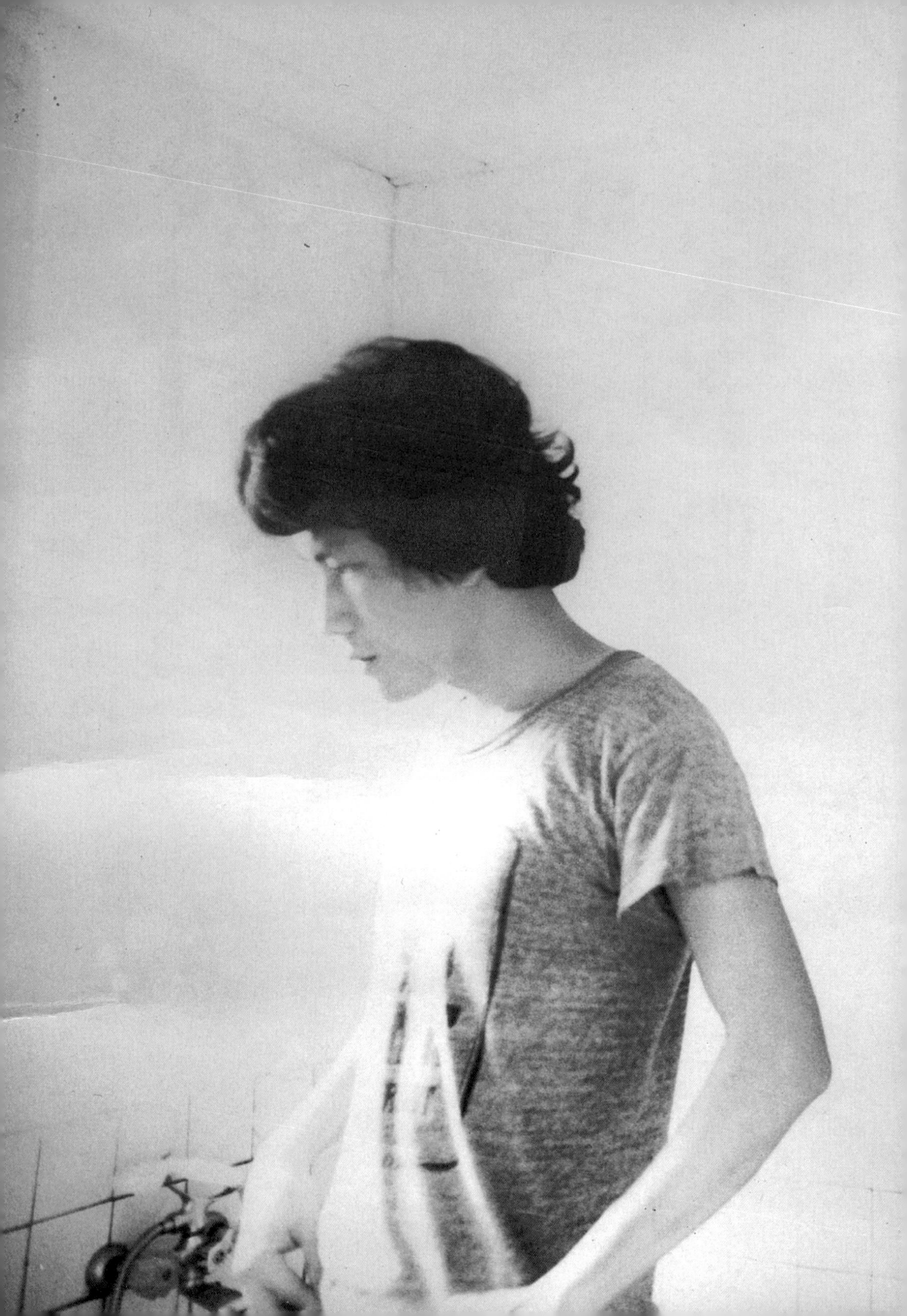

沒有水，花何時枯萎？
沒有字，人隨時凋零。
在這杞人憂天的場景裡，
有著文明戲的暗喻手法。

記憶母親的味道

過年過節總要敬天拜神，和準備一桌子滿滿的海南菜，那時永和家裡常來客人，人口眾多熱鬧非凡，母親的海南雞飯、白切雞、粉絲韭菜炒魷魚豆乾、腐皮紅燒肉……吃起來美味難忘，於是有些菜變成對節日和母親的懷念。

有一回，母親在新店溪旁發現海南老家才有的一種植物，於是她就將葉莖撿回來搗碎成汁，與麵粉攪和，然後將麵團捏成像貓耳朵的形狀，煮出來一鍋綠色的麵食，印象特別深刻。綠色的湯麵像吃紫蘇時的感動，特殊風味帶著新鮮健康，自然舒暢。母親還把這植物拿給我看，我心裡懷疑那野草真的可以吃嗎？母親憑著謀生的本能與經驗，不論在任何地方，她都可以創造出生活的新意，尤其她的一雙巧手，佈置我童年的溫暖，也讓我看見一個真正用雙手去融入並打開生活視野的真實例子。

小時候，我常在母親的身旁，看著她張羅布莊，帶領十幾個工人，幫客人量身、打版、裁布、車布；她的鑲牙功夫被公認最好的，每到過年，鑲牙的客人往往大排長龍等著要母親幫他們鑲牙；她也幫忙照顧相館生意替人拍照。她除了海南話，廣東話、國語、印尼話不頂靈光，帶著我和三哥一路從印尼到香港到台灣這樣漂洋過海，十幾箱沉重家當，過海關的文書，和碼頭工人的溝通，全靠她一個人料理。

現在想想，覺得很不可思議，一位足少出戶的家庭主婦是怎麼做到的？

從來沒聽過母親大聲說話。除了喊我們回家吃飯外。

她的個性和脾氣好像永遠那麼平靜，不曾看過她和父親吵架，沒有聽過她的抱怨，從不計較，也不會和左鄰右舍張家長李家短，情緒彷彿永遠不會波動似的，只務實地專注在所有日常生活的勞動，最常聽她問我們：餓不餓呀？三餐之外一定還有Tea Time，各式各樣的點心，外頭販賣的「雙胞胎」，母親做來就變成海南式的，在印尼沒有饅頭之類的北方點心，來台灣後母親從左鄰右舍走一趟回來，就能夠擀麵、和麵，然後做出自己的風味，第二天我們就有熱騰騰的結實饅頭。而不論糕點和甜湯，她用她土法煉鋼的方式，添加我們生命中不可或缺的安全感，半夜讀書讀累肚子餓了，母親的巧手一下子就端上一碗熱騰騰的美味食物，心理、生理不虞匱乏。

母親永遠有一張非常準確的生活作息表。

冬天打毛線、鉤桌布；夏天換床墊、鋪蓆子，她有上市場的時間，有看報紙的時間，有給家鄉的姨媽寫信的時間。在外島當兵的時候，常接到母親用海南語法的來信，寫著她的近況、日常事物，對親友的思緒以及對我的掛念；她雖然只讀到小學四年級，可是卻寫得一手工整的好字，碰到不懂的字會查字典，有時也會問我怎麼寫，然後自己試著在旁邊一筆一劃慢慢地再寫一次，我看她寫在一旁模擬似是而非的別字，看著那些結構顫抖的字，讓我感受字義外的期盼；就像她鋪的床被、她掛起的蚊帳、她縫製的新衣、她料理的食物，那種樸質的實在感，點點滴滴都是無所遁逃、無法忘懷的思念。

小時候，我常喜歡靠在母親的身上，用手輕撫母親的肚子，母親微胖的身材，腹部的皮膚相當細緻光滑，每晚睡覺前一定要摸著母親的肚子才能入睡，仔細想來恐怕是怪癖一個，但是那種親近的安定力，在我的生命質地裡，彷彿是一顆看不見的種子，它不斷在我的潛意識裡滋養長大，讓我在無形之中隨時受著庇蔭。

有一天早上母親正在換置新的床墊，突然中風。母親中風倒下復健的幾年後，又檢查出患有子宮頸癌的病症，整個人在治療中，漸漸老去。

我以為母親永遠不會倒，過去只要她說不舒服，便要我用萬金油之類的家用藥品幫她推拿一番，休息半天就又東忙西忙，就算那時從香港到台灣遇上顛簸的巨風大浪，母親即使虛弱，仍然照料一切。從來不曾想過有一天母親的擁抱，會從這個世界上消失。

母親離世的那幾年，每次只要看見和母親年齡相仿的婦人，我都忍不住想上前擁抱，就好像小時候擁抱著母親一樣，期盼再擁抱那份厚實的慈愛；她牽我的手去看羅馬古裝電影、她在印尼老家的後院輕輕哼著海南歌謠、幫我縫製的紅色上衣、親手料理的海南菜──縈繞在無盡的懷念裡，母親穩定的情感包容著許多生活的波動與難堪；她的勤快勞動成就家庭裡的歡樂幸福。

很難真正去表達母親對我的影響，有時我想母親並不一定遺傳我什麼，她是個傳統婦女，全心投入在家庭的工作，當她不斷用雙手創造生活的時候，正是我學習的階段，在印尼買米的時候她會教我在旁邊用蔥計算盛斗的數量，她做包子饅頭的時候，教我幫她和麵粉、加發粉，她上市場的時候、幫客人照相、量身製衣，打造鑲牙的時候……一點一滴，我也許當時樂於勞動，但是我更樂意在母親身邊，參與她的工作，沉浸於她對我說的話，她對我注視的體貼，以及她對工作事物的簡單觀感。如果說一定有所影響的話，那應該是母親穩定的情感吧，那般如山的包容力量，延續著我對生命的種種歡喜與承受。

我記得上大學之後，母親還是常常會擁抱我，她有時會將頭靠近我的身邊，要嗅嗅我、聞聞我這個讀書人的味道……而那時的我和許多年輕人的成長一樣，青春不安並一心尋找獨斷特行的模式，但是仍然也聞到了母親的絲絲暖意……至深難忘！

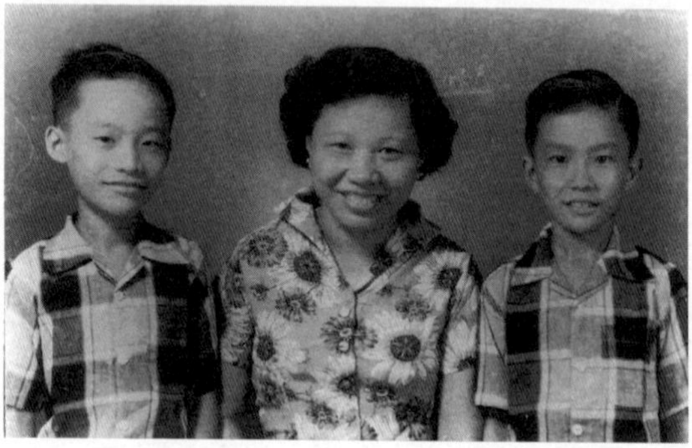

大家一起來穿新衣。

小時候，
我常在母親的身旁，
看著她張羅布莊，
帶領十幾個工人，
幫客人量身、打版、裁布、車布……

品味一鋼筆

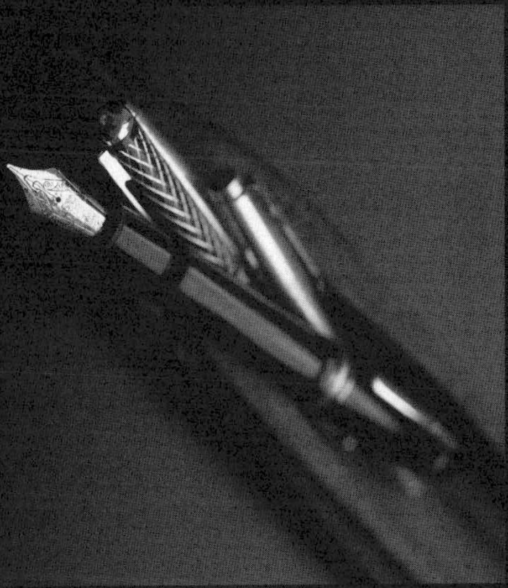

在一筆一劃揮灑中，
開始實現和生活、時光、環境、朋友，
在從前、現在、未來交融時的情境。

書寫成為樂趣，是因為心有所惑，於是將散亂模糊的思緒、感觸，藉字形字義做比對，於是熱烈梳爬；有時靈光乍現，任何紙筆都讓文字躍然跳動。而我在還不明白書寫為何物的年齡，就希望可以得到一支好鋼筆，幾乎有如以後我追求生命職志那般的堅定。它的陽剛、穩健、精確，常帶有少年對成熟自主的期盼。就像四、五歲拍照時，大人在口袋上或第一顆鈕釦洞掛上鋼筆時，心中的肅穆又自得一般。

對筆，感情和淵源特別深厚。

來自父親的眾多擁有裡，鋼筆，為我刻上了許多年少的記憶。每次父親買了新的鋼筆，都會在筆桿上刻著名字和日期，每一支筆就這樣被標示，而有了歸屬和生命力，因為父親並不常用筆書寫。原本寫的一排大字透過機器的縮小和模擬，全被漂亮地烙印。在筆身上，擠點牙膏，用布擦拭，凹槽清晰留下白色字跡，小小的心靈，感受到大人的所有是高貴而遙遠。

和父親不常交談，可是卻特別喜歡向父親借筆：

「爸！筆借我！」

那時小學五、六年級，畏懼父親之餘，甚少談心，借筆的對話竟成為少數記憶父親的畫面。

握著父親的筆有一種溫暖，帶著不可名狀的正經開始趕寫字體越來越走樣的作業。

早期流行的派克、西華，筆頭粗細都自己磨，有時特別喜歡細字的感覺，會將鋼筆轉過來寫，刮在紙上的線條又細又深。後來才知道有各種粗細正斜的筆頭，可以隨著自己的書寫習慣來更換。除了更換筆頭，墨水匣的構造有槓桿式、膠囊式、真空式……也常是我樂此不疲的研究功課。

筆擱久了不用，筆內的墨水會乾裂堆積起來，清除的工夫非常麻煩：首先要將筆浸泡，將結塊的墨漬化開，重複吸水排水，而為求乾淨，必須不斷甩筆，一次、兩次、三次……重複好幾次，最後往往搞得滿地滿手全是墨水。

拆錶、拆鐘，當然也拆筆。

萬寶龍的旋轉真空吸墨桿，接縫密合無懈可擊，填裝飽滿，似乎永遠用不完；派克筆頭上極細極細的K金，從21型到50幾型，而其他筆頭雕紋的線條和數字的變化，似乎打發了許多青春無聊的時間。

有一陣子和L，特別愛用沾水筆，只因對貴族們的吹毛求疵的矯飾有所迷惘，甚至追鵝拔毛自行製作，寫兩行就沾一下墨，寫兩行再沾一下，慎重追求古典的感覺，想像英國紳士風度的樣子，禮貌是謹慎而慢條斯理的，如同操作複雜卻深刻的書寫；常是如此煞有其事地藉實踐來體悟另類的行為舉止，並多愁善感地營造自以為是的沉迷。

書寫，即便不具任何目的性，在不停探究、懷疑、猜測的年齡裡，也會不厭其煩，煞有其事地寫著電影腳本、偵探小說，固定寫著關於心裡的語言、寫出可能的答案、寫出各種無法被替代的情緒。

漸漸長大，在人體工學、在流行美感上，對筆的長短、粗細，有些知覺，也愛用別人的筆，寫別人的字跡，而出水的流暢、書寫的柔順影響著心情的日子也漸遠了，雖然筆是我最重要的創作工具。那個振筆疾書的青春時期，掉了一對我最愛的藍綠色對筆，有點瑕疵的筆面，卻怎麼找都找不回來，舊式的感情林林總總，即使沒有刻意保持，卻怎麼忘也忘不了，而當大夥兒如火如荼地開始收藏鋼筆時，它古典的優雅，繁瑣的操作就教人更懷念了。

我又開始拿起鋼筆，端坐正經，拴著思緒，具體地再現心中、腦中所運作那些空泛的思索，一字接一字，雖然常常是無法精準傳達其中的神髓和意象，但在一筆一劃揮灑中，開始實現和生活、時光、環境、朋友，在從前、現在、未來交融時的情境，真實也罷，虛擬也罷，對其中刻骨銘心的感觸，這點鋼筆是無可取代的。

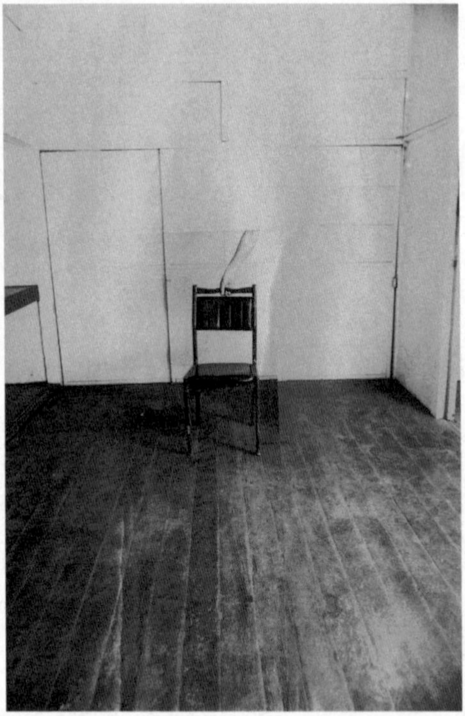

要搬開空泛虛無的不安，
只有生命仔細地捕捉，
那空洞氣氛裡的每寸肌理。

生命的本質應該就是創造，
每個人應該有自己的想法和作法，有想要說的話，
那就勇敢、努力把自己表現出來吧！

看見風，聽到光

攝影成了我長期摸索的一種表現方式，在還未開始懂得用快門來掌握自己的語言時，童年的光景趣味，已經根深柢固讓人無法遺忘。積存在血脈裡的枝枝節節，是一張由海邊、風聲、浪潮，街道、商店、機械、工具所重複曝光的底片。直到我審慎地拿起相機的那一刻，關於意象、層次和美感的思索，才開始靜靜地在相紙上，有條理的感光、顯影。

小時候調皮過頭，三叔就會把我關進側門樓梯邊的小暗房，一關就是大半天，他專門負責暗房工作，不大說話。這時候我更不敢吭氣，也不敢動，在黑暗中只聽到窸窸窣窣、動作俐落的聲音，紅色安全燈下，依然什麼也看不到，四周事物剛要對焦卻又茫然，空間似乎懸浮許多黑點，時而凝聚、時而飄散，眼睛刺痛。面對定影藥水的刺鼻酸味和溫濕，相互推擠的沉悶氣氛，我想下次應該收斂一點，當兩腿痠痲地走出暗房，千萬道刺眼的光芒四面八方，排山倒海般迎面而來，就像底片在剎那間曝光。

永和的照相館

當時在印尼，福州人從事金飾行業，廣東人從事木工行業，海南人就是開相館或咖啡館，舅舅繼承外公和父母的志業，經營相館成為世代家業，舅舅從年輕的時候一直拍到六十多歲，結婚成家、購置豪宅，便靠著相館生意一一完成。而照相館整個地方，幾乎也成為我童年認識明星和電影的起點，一張張黏貼在櫥窗裡的黑白沙龍照，就像是老朋友一樣熟悉，時而在銀幕上見面，總覺得好萊塢是如此親近。

中學的時候，向死黨L的父親，借來一台德國的單眼相機EXAKTA和家中CANON雙眼相機，把玩之餘，摸索著學拍照，到牯嶺街找攝影年鑑、雜誌，從各種角度學習攝影的科學與哲學；Life、LOOK雜誌見到生活儀式，被捕捉溫情的震撼、布烈松瞬間即是永恆的凍結、安瑟亞當斯存在與永恆之間的辯證，也驚異於《朝日攝影》，看著充滿生命甜美的暖房變成是冷冽、激情而色彩濃烈的申訴……除了舅舅教的暗房技術之外，一切以自己的實驗摸索出來的拍照經驗，竟漸漸演變為以攝影為終身職志的想望。

剛退伍之後，和同學各出了五萬元，在永和頂下一間相館，每次開店門，同學從新店、我從北投，兩個人千里迢迢到永和照顧小相館。第一次經營自己的理想，沒有太多的前因後果，完全按照想走的路一步一步地前進。然而，生意清淡的小相館，偶爾靠著年節假日的時候，附近民眾出國旅遊，丟下兩捲底片的沖洗生意過日。

其餘時間，便是三五好友聚集聊聊高談闊論、喝喝小酒或在燈箱前修修底片。當時也曾想過要拓展業務，或者積極運作生意等等，可惜只知道攝影有太多可為，而生澀的社會工作經驗，讓你帶著理想，卻什麼都無法設想周全而裹足不前，有時坐在沒有擋風玻璃的櫃台前，張望清冷的街頭，冷颼颼的冬風颳過，我躍躍欲試把攝影作為一種職業，影像是生活全部的理念，交錯著當時的空洞街道與寒風，而我的想望在飛沙走石中，前程未卜。

老船員與一場婚禮

生活永遠有措手不及的尷尬，而期盼有個地洞，或者讓時光沖洗，或者未雨綢繆，或者步步為營，或者大而化之，一點一滴在經歷中累積應對的人生態度。

不清楚第一筆生意是不是就這樣被搞砸了，但是確實無法向前來拍照，靦覥的和氣船員交代。老船員一進我們的小相館，便特意囑咐一定要將他的耳朵拍到?!

一開始不特別去留意其中的含意，但真正透過鏡頭，在老仿西相機觀景窗調整對焦的時候，才覺得船員有雙特別緊貼的耳朵，只要稍稍角度不對，不是右邊就是左邊的耳朵不見了，靠右一點、靠左一點，頭抬高一點、下巴低下一點，都有不足，而面對好幾個月才有幾天下船回家的船員的基本要求，深覺自己的責任重大，何況這不是難事……

不幸的是，還是沒有把老船員的兩隻耳朵拍到；好不容易定好位置，記得那是完美的平衡，隱約看到了兩隻耳朵，不要動，我放心放下布蓋，送上底片匣，由於蛇腹角度修正的關係，人的正面和相機不在直線上，我忘了觀景窗的精確結果，直覺地請船員稍動一下，卡嚓完畢臨上船，船員沮喪地發現少了一隻耳朵。

考驗暗房技巧及應變，應該也是從這一場婚禮開始。

新人和家人的團體照和戶外的宴請場面，全包辦在我們的小相館上，人手不足的情況下，只好調請當時相熟的老師傅來支援室內攝影的部分，可沒想到老師傅對我相機Bronica是陌生的，拍了三捲的底片竟然都不感光……全家福、團體照沒有也就算了，連一張兩個人的合照都沒有，真難搪塞，這無法重演的喜劇，有些哀傷的氣氛了，難過、著急，而阿彌陀佛老仿西相機裡，尚有幾張曝光正確新娘新郎的單獨照；不得已的情況，我只好利用暗房技術移花接木。

所幸光線合理，於是將新郎底片反個面，配合新娘的角度方向和大小各放一張照片，然後再沿著兩人人像邊緣用刮鬍刀慢慢切割，腹部以下無法銜接的差異部分，以當時最流行的金色亮片心形框框當朦朧前景。

第二次安排甜美和幸福，將兩人孤零的相片，妥善並立在背景紙前，卿卿我我、心心相印，於是拍下唯一、完美毫無破綻的結婚照，新娘和新郎或許也忘記，當時他們是否曾經有過那樣的畫面或鏡頭，但我忘不了我們少了很多的收入和那一身不知善後的冷汗。

近一年的相館生活，還是有著無窮的回味。

譬如我們接到某國中的畢業紀念照工作，畢業班師生八百多人，為減少對學生課業的影響，以及迫在眉睫的交件日期，我們在七小時內像機槍掃射一般，全部拍好。接下來兩星期，底片、相片的沖洗曬印、裁剪、分裝等工作，面對上萬張沒有失誤的兩吋大頭照，深感事先準備和經驗所累積專業知識的重要。所幸當初朋友點出一些關鍵的竅門，讓事情省事又省力精確地完成，這次十餘天緊湊忙碌而枯燥的工作，不僅有些利潤，更有成就感。看著一張張帶著稚氣的面孔，似乎顯得更純真自然。

獨處的紋路

房租租期到了，結束永和照相館，準備另起爐灶，我們找到以前在新生南路忠孝東路附近的低矮日式平房，光影與空間足以繼續我們的理想，但是卻因為改建問題無法開業而作罷。

夜裡，我常常獨自一人拿著鑰匙開門，進到日式屋內，東拍西拍，就像平時我獨自背著相機離開人群，走進大雨後的北投山坡，一條街一條街慢慢蒐尋，找一個被觀景窗所接納的美感，或者找一個能夠說服我按下快門的情緒，當對下一步有些茫然時，則又努力按下快門，讓清晰鮮明的圖像紀錄，對抗毫無作為時光流失的模糊不安和乏味的沉悶，藉此衝刺，也藉此振奮自己，究竟拍出來之後要給誰看，彷彿不是那麼重要！

小學同學做男裝生意，要我充當模特兒和攝影師，我背著相機到海邊，也在自家客廳裡，一心一意想表現出西裝上綿密柔和的紋路質感，和自然的穿衣主張。暗房裡，時常進行各種曝光實驗，放大機下雙手遮遮擋擋，希望控制照片明暗的各種完美效果。

想起童年，用雙手所完成遊戲裡每一步驟的細節，撿拾貝殼、黏製風箏、打彈珠、刨椰子等等實際動手的樂趣，或者自由竄進鄰家的閣樓、咖啡店家，旁觀自己不斷移動進出的身影，承受空間的急速變化，沉醉在明暗交替的節奏裡。那樣的記憶與影響，促使我不停刺探相紙上可能展現的綿延紋路，而我知道樂觀地期待結果和冗長重複的枯燥執行工作，就是創作的形式和本質。

女兒是高眺、陽剛、嚴峻；
男孩則圓融、壯碩而溫和，
從取名到留影，
難道也是潛意識的蠱惑？

小學同學做男裝生意，要我充當模特兒和攝影師，
我背著相機到海邊，也在自家客廳裡，
一心一意想表現出西裝上綿密柔和的紋路質感。

在南台灣賣房子

二十三、四歲時，相信只有一個念頭：年輕，沒有做不到的事！因為年輕，所以凡事都願意投入、願意嘗試，因為年輕，所以也願意遵循：把不可能變可能！

我的馬戲團經驗

投入房地產工作，是我人生十分重要的學習過程，那是一個直接感受到群眾心理和市場變化如何相互推拉的一次實戰經驗，也在那個階段親身由工作領略目標、策略、方法，如何仰仗創意，達成攻城掠地有效的腦力運作，每一次的結果，都讓我眼界大開，啟示不斷，而開始有所悟。

從嘉義移師馬戲團到台南。

當時正值台灣退出聯合國，我離開廣告公司，和余為彥及另一個夥伴合作房地產行銷公司，在一片衝擊聲中，進入這一行。而接洽那個案子時，已經有好幾個代銷公司同時在競爭，其中也不乏業主的親戚，而我們心裡很清楚勝算不大，一來我們的知名度不夠，也沒有什麼大不了的業績；二來我們從北部一路闖蕩下去，對當時南台灣的市場運作、行情不熟悉。

但是一開始資深的夥伴就以相當的説服力，要求業主給我們一星期時間做市調的談判策略，與一般公司一開頭即批評業主設計圖規劃、定位錯誤以表示自己的專業顯然不同，而以另一種專業虛心的態度呈現自己的誠懇，業主在沒有挫折感下，既然案子已經拖延了近兩年，也不在乎多等一個禮拜，於是答應在一星期之後讓我們做簡報。

我記得當時在台南飯店舉行，非常正式的一場報告，業主方面來了許多重要股東，也許是因為沒有抱著太大的得失心，雖然仍然是一場陳腔濫調的簡報，但仍舊在眾多競爭對手中，脫穎而出意外得到了這個幾億的大案子。這對當時的我來說，相當具啟發性，一種態度、一種創意，竟可以醞釀成一場契機，僅僅一個小彎，死馬變活馬。

直到後來，在工地引進馬戲團表演，也是同樣道理。

當時我們來來往往、南北兩邊跑，到處開發案子。記得兩個月前，在嘉義看到了東方馬戲團即將公演的海報，我們接到工地後，正設想要怎樣才能把人潮帶動起來？這時我又想起馬戲團的公演宣傳海報，意識到如果把整團馬戲團移到台南，一定很有趣，而且經過調查發現，台南十幾年來沒有馬戲團表演，更增加我對這個想法的信心。

但是和團長一接洽，老團長的條件開得很高，他不但要我們負責三十幾萬的新帳篷費用，還要保證買三千張入場券，這樣的條件對我們來說是相當大的負擔和冒險，以當時的環境和運作，我們沒有把握做這樣的投資，但我不想放棄，決定讓老團長先了解工地情況；一星期後老團長跑來看工地現場，我面對一個六十多歲的長輩，有些膽怯，一方面有求於人，一方面他們的生活經驗和我這樣毛頭小子不成比例，但是還是必須硬著頭皮和他談判交涉，同時努力舉出對他的馬戲團所有有利的條件，並從容不迫地等待他的研判，只是我們姿態不若一星期前，反而拉高了。我知道我們有待價而沽的好條件。

老團長看到位於市區交通要道上的工地車水馬龍，籌備處進出的大批詢問人潮，五千坪整理得乾乾淨淨，非常漂亮的現場，人口、環境比起嘉義市……老團長決定什麼也不要了，嘉義的演出停止，撕下所有的海報，放棄嘉義馬戲團決定移師台南，同時還附送我們一千五百張票作為交換條件。你發覺在各取所需的生態裡，處處有槓桿，可以借力使力，藝術的創作、產品的設計，從虛幻的意念到具體的感受，或許有如此的渠道可以暢通。

除了商品內容，諸如規劃、地段、建材、識別系統的文宣外，銷售房屋也要做些ＳＰ活動，其實當時只是一個單純創造人潮的念頭，沒想到可以不費吹灰之力，把整個馬戲團搬演到工地。剛從軍中退伍、涉世未深的年輕人，現在八、九百萬的廣告預算操控在手中，這其中未知的風險和隱藏的危機，隨時都有可能伺機而起。像所有生意一樣，只有信心、沒有包票，只有經驗積累的參考數值，沒有每戰必勝的擔保。戰戰兢兢地在盛況中嘗試透視，藉資訊傳達承諾、你來我往的遊戲規則和其結果。

當馬戲團大軍一路開到台南，果然天天人潮盛況空前，獅子老虎動物雜耍、空中飛人特技表演，每個星期天也請到那時當紅的夏玲玲、楊美蓮……等等影歌星來剪綵助陣，會場外摩托車、腳踏車停得滿滿一排又一排，氣勢如虹，加上各路「大哥」覺得大有油水可撈也來攪和……裡裡外外真是高潮迭起，絕無冷場。

人多事多，人潮帶來許多突發狀況和各種疑難雜症，有一天翻開報紙赫然發現馬戲團的馴獸師，因票據法在現場被抓的新聞，很擔心因穿鑿附會而影響銷售和演出……

比較過去，在廣告公司執行企劃案時的心境可以說完全不一樣，那時面對一個產品推出，只要掌握主要訴求的重點，配合客戶的要求，再加上自己抓出的創意，以及考慮放入市場上相關產品競爭條件，予以潤飾整合，彷彿就可以運作，和現在真正上戰場打仗，做直接和自己生死成敗攸關的衝鋒陷陣，顯然心情感受非常不同。許多光怪陸離、變化多端的故事在周遭不斷發生，你很難置信自己身處的環境竟是如許激昂高亢，甚至有點走調。

九天傳奇

荒謬雖非常規，卻反而容易見到常理，這是荒謬的台灣傳奇。

一個大案子，從土地簽約到隆重推出銷售需要多少天？從規劃到定案全天候趕，隨便粗糙一點，也要一個月吧，整地再蓋六十餘坪樣品屋，最快也需要十天到兩個星期左右，訂定價格、企劃定位、制定宣傳策略、招兵買馬、印製海報、拍攝電視ＣＦ等等，絕對不是九天之內可以完成的。

盛名之累加上多次高難度的案子成功後，誤以為有三頭六臂了，把不可能變可能的信心和企圖，看作是能力。我們接到一個天方夜譚的工地，要我們在九天之內推出仍是一片綠油油稻田的工地。

九天之內，入帳兩千萬！這是我們的如意算盤。地處熱門地段，合理的價位、規則，經驗告訴我們說：幹吧！人為財死，於是我們撲向錢途茫茫的大海。

我們開始積極的做宣傳規劃，徹夜未眠地執行台灣房地產怪誕的絕地任務。

首先是命名。由於業主養了很多孔雀，我們就叫這個案子為「孔雀林」，工地景觀上蓋了一個孔雀園，以便日後吸引人潮。日夜三班搭建樣品屋，建築師從台北坐飛機來，很熟練肯定地說我們模型怎麼做，他房子就怎麼設計！照著建蔽率和基地上的平面規劃。七天後，四棟獨立，三百多戶的大模型完成，模型師傅成了建築師，雖然光怪但仍不離譜。

我負責企劃、設計、廣告版面，當時中華日報是台南唯一大報，全台南人主要看中華日報，所以只要在該報頭版刊登廣告就自然有很好的效應，透過種種交涉拿下了版面，文案、設計稿，也都在最後一刻才如期完稿送進報社，每天晚上鬧哄哄，人聲鼎沸，從工地到辦公室，天翻地覆。

第八天案子順利隆重推出，請來了最紅的楊麗花、胡慧中……一個月之內銷售勢如破竹，果然轟動。

有一天吃早餐，發現工地上了報紙，中美斷交後，因緣際會臨時湊成的多頭業主，誰也不願開出支票去履行對地主的付款承諾，於是地主一怒告到法院，原先已經下訂的客戶看了報紙，紛紛要求退還訂金。整個案子從進行規劃到終結，兩個月的時間內，起落跌宕，原本預期兩千萬的入帳，最後只得兩萬元和一身迷惘、疲憊，也算又嘗了防不勝防的人生無常吧。

本土的承諾

任何一個案子，不管大小，一向是有多少就說多少，廣告是一種承諾，不能多也不能少，不習慣一些同業花稍不實的手法，以及當時和業主之間許多不成比例的溝通條件，我們總還存在著一些年輕人的情和義。即使短短九天之內推出的案子，我們同樣花了大量的精神和團隊的專業在裡面，該做的仍然按部就班進行。總認為任何事情，只要願意去思考，就可以找到創意、找到機會。

當時我投注大量行銷書籍的閱讀，試圖在我的生活觀察中把國外的理論實務，轉化為台灣本土的風格來做，從文案到ＳＰ活動，每個過程都是以生活為基準，熟悉當地的生活環境，了解當地的生活感情，感受當地的生活細節，進而激發我們的創意上的感情；那時有許多從台北下來的建設公司，在台南經常鎩羽而歸，主要是他們無法掌握當地的生活習性和氣氛。發現當地真正的生活感動，這甚至包括平面的視覺效果，接待中心的陳設氣氛，以及廣告宣傳上的文字語法。

無法忘情於電影

年輕，也許真的沒有不敢做的事！雖然未必有成熟的抉擇，但有成本不高的絕對信心和熱誠來面對自己。

如果換作別人，當然仍會在房地產這一行繼續下去，長期累積的人脈、經驗，讓你有更多的機會、更多的勝算，叱咤風雲一番，結果也該如同當時的一干朋友的現在行情一般；但鐘鼎山林各有千秋，我終究無法忘情年輕志趣對我的誘惑。

當金錢快速取得，換來的是更大的失落和茫然，鎮日進出高級餐廳簽帳消費，帶著一支筆四通八達，二十六、七歲在三溫暖中掌控銷售行情的頹廢，一有案子每天忙得昏天暗地，但是一閒下來什麼事都不想做，有時就連讀書也興趣缺缺，晚上打小蜜蜂至深夜，沉浸在電玩遊戲的麻木中，沒有養成惡習但也不知所終！

在花稍的、鉅額的、風險的，彷佛主宰人的夢想的房地產事業，探索爬行三年，經過不少的大小戰役後，產生了無以為繼的荒涼感。看到有人一個案子紅起來立刻開起賓士，但是一個案子垮了，開九人巴士趕三點半甚至摩托車，是適應現狀強韌的生命力？還是非比尋常的冒險現實？起起落落的虛幻，再也不是年輕的壯志豪情可以填補，還少了一些什麼吧？事業上是不安的，生活上是倦怠的，情緒上是厭惡的，雖然眼前的工作是順利而成功的，但不得不努力再深掘出自己那份深埋的渴望。

缺少東西好像可以在和為彥談電影的時候，得到滿足，我們天天談、日日談，電影化作生活中的精神力量，時常牽引著疲倦低落的心情，進入電影院癡看別人所解析、創造、馳騁的電影人生；放棄眼前，再去追尋吧，誰知道呢，也許投入的是另一場更波濤洶湧的未知！

於是我們真的放棄很多，很多。而換來了美。

品味一錶

每個階段的不確定感，
使時間成為芒刺在背，
威脅著、恐懼著，
是與時間賽跑，
還是躲著時間遠遠的？

小學、中學，光陰似箭、逝者如斯的文章開頭不知用了多少次，但並不了解它真正的感慨，除了錶上那一刻也不停的秒針滴滴答答聲外，察覺不出生命中流動了什麼？但是錶是值得尊敬的，它計量著速度，自始至終的自我追求，還有那內外準確的幾何美感。

年輕的時候，總想和時間劃清界線，甚至反抗時間刻度的束縛。

看到朋友已經在工作上有著一番作為，我卻仍在自我摸索、試探，一個月、兩個月、三個月過去了，卻什麼事都沒有做，只是不停地翻書思忖，時間彷如猛獸，我不敢回頭造次，更不願張望。戴著錶，凍結在自己虛構的世界。

結束照相館、跑去搞廣告、雜誌、房地產、出版、拍電影……其中雖有隨遇而安的自信和堪稱勝任的表現，但等待環境、機會、志趣三個條件，如天時地利人和的絕配條件一直不足，踏實感像錶的滴答聲在空中飄盪著。而後不得不自造機會，放棄一切到美國學習玻璃，一個美麗、無所不能的材質，一種可以全然掌控，手腦並用的創作。之前，所有的時間就像是「混日子」一般，每個階段的不確定感，使時間成為芒刺在背，威脅著、恐懼著，是與時間賽跑，還是躲著時間遠遠的？

而不戴錶便漸漸成為習慣，只要在工作職場上，告訴我一個時間的起始點，便立即投入追求工作中的滿足感，至於分秒的走動和計較，已經不是那麼重要了。況且在冗長緩慢的玻璃工作中，錶的確是令人不敢正視的，期待得越迫切，時光流失得更快。

可是，對於錶內的物理構造，卻有著癡迷的、難以理解的探索興味。尤其在印尼內戰時，家裡請來的補習老師是個修錶專家，每次看他將錶的內部零件拆得滿桌，深覺不可思議；更令人振奮的是修錶的工具，對我來說，每件工具不僅考究而具巧思，為特定功能開發不同的工具，琳琅滿目。

那工具盒就像百寶箱一樣，可以幻化出許多有趣的想像，各式各樣粗細的螺絲起子、夾子、夾具、墊片……經年累月使用的工具，泛著熟練與可靠的溫潤光芒，還有檯燈下，放大鏡下的專注眼神，穩定固執地握著細小工具，那粗大自信的手指關節，時常以為將來肯定要當個修錶師傅，在眼花撩亂的工具中，堅決相信物理的邏輯世界裡，可以舉一反三、推演組裝許多趣味，甚至蒐集了大大小小的齒輪、彈簧自娛，而期待起動的一天。

後來，拆了許多錶和鬧鐘，沒有一樣是完整修好的。

當然，像父親的歐米茄是拆不得的。傳家寶式的重要手錶，是父親威權的象徵。歐米茄漸漸被勞力士取代之後，時間就是金錢，只要被稱為有錢的人，就往往以勞力士金屬的錶鍊，以及厚重的錶身來作為身分地位的價值取向，然而自己還是偏愛簡單皮帶的感覺，總認為比較接近書生的氣味，直到做玻璃開始，因為汗水和光熱溫度，每次只能把錶擺在一旁，讓時間慢慢無聲流逝。

欣賞錶的角度遠比實用性的考量來得多一些，美、流行讓感性壓過理想。

所以百寶箱裡，沒有修過的錶，倒是有一些流行潮流下，當時認為典型的錶：紅綠色系造型的Gucci、Cartier、Dunhill等等，現在看來，都過時。當石英錶變成時尚，才知道在沒有滴答聲下，時光如斯般快速消失。當時的環境和流行的色系，經過時間的沖刷，主張和概念，終究還是褪色，曾經強烈光鮮的，僅能在後來的新式樣裡追思它們的影響力。

錶的結構越來越多樣化，設計日新又新，遠超過機械運轉的邏輯，錶的空間和旋轉的方式更在我們的想像之外。有一天，錶，就像收音機一樣，靠著接收格林威治所發出的訊息，每個人的時間分秒不差，完全毋須修錶，不知到那時候會不會特別想念著冒著水氣的錶面，偶爾，上上發條或晃一晃錶，側耳聽時間的聲音，滴答、滴答、滴答……

集合風格色彩

大概沒有一種形式像電影一樣，包含了所有我對藝術的想望。至少在還沒有接觸玻璃之前，電影，幾乎集合了我所有風格色彩的想像：我對服裝的情緒，對光影的虛實，對生命的熱情以及對人世的探索、對空間的流動、對視覺的結構、對情節的拼貼。

決定結束相館的生意後，受同學之託臨時加入一個陌生的team，第二天到現場擔任場記的工作，負責拍板、記錄鏡頭長短、演員位置、台詞對白等等，放不下的學院身段，覺得自己像個打雜的，而拍的又是時尚的三廳電影，速度快得不得了，在前面的因素下，就相當不屑片場的一切，從第一鏡頭就覺得彆扭，幹不下去，但是受人之託、忠人之事，只有硬著頭皮認真地幹。

電影，作為學問的探求、藝術的表現，不該就是一種思想嗎？不該就是一種態度嗎？想當初，大專聯考一意孤行堅守志願的填寫，不就是為此嗎？

課堂上每每講起電影時，陳耀圻老師溫文儒雅，展現對電影探討的寬廣包容，陳純真老師激動情緒裡，宣誓電影工作的神聖莊嚴，吳靜吉老師的旁徵博引，揭開戲劇創作的生命喜悅，電影彷彿就像宗教一樣，讓人充滿希望。

我記得剛進世新電影技術這吊車尾科系的時候，許多同班同學紛紛打退堂鼓，計畫休學重考，我擔心落單的無趣日子，時常苦口婆心勸誘，將高中看的關於電影人的故事，像安東尼奧尼、荷索等，滿腔熱血地告訴同學們：電影是有野心的人才幹的事啊！

不是嗎？理念藉生活、工作來實踐，實踐的精神也是電影的特質，是捲起袖子的行動和投入。

可是等真正一進到片場，我那知識分子的文學和哲學包袱，竟然對著這基本而重要的「無聊」工作，不自在又笨手笨腳，對自己一路的期許和軍中努力掌握生活況味，以及底蘊的心理建設和磨練，真是不堪一擊。我警覺，很快調整，認真扮演好自己的角色並累積經驗，那時正是二秦二林相當紅的階段，但是平常不看國片的我，第一次在片場看到當時紅透半邊天的秦漢，還不知道他是誰，只覺得男主角很帥，後來才知道原來那就是鼎鼎有名的愛情電影小生秦漢。

記憶電影的狂潮

四十年前，電影是個盛裝大事的娛樂，在印尼，晚上母親做完生意，常帶著我到戲院看西部、大力士和泰山各種各樣的電影，有一次看到影片裡冒險的小男孩穿著一件紅色的衣服，央求會裁縫的母親也要縫製一件同樣紅色的衣服給我，當晚想像自己穿上那樣大紅上衣的勇敢和機智。

另外一個對電影的親切感，是因為家裡的照相館櫥窗上貼著一整排好萊塢的明星照，每天進出都必須打照面，就好像是老朋友一樣，所以只要有他們演的電影，說什麼都要去。士林戲院早期的座椅還是長凳地面沒什麼坡度，後排的人幾乎都站到椅子上，小孩子就辛苦了，不斷由小空隙，找尋大銀幕上緊張的情節，當畫面恐怖，索性就躲入人群中。中學後，不想再跟著母親，而想看電影就要好幾個禮拜前，盤算並和母親周旋說服，弄點電影票錢。當時永和還只有永和和溪州大戲院，不過有時是為了要看首輪電影，或為了要享受坐在豪華的椅子，會從永和坐著三輪車到西門町的樂聲、新聲。

看得最兇的是高中時，假日有時一天趕它個四場，真是昏天暗地，辛苦而毫無娛樂可言，不看國片全看西片，放縱自己在迷沉裡，時而有對課業荒蕪的恐慌，又有探索志趣的任性，常常搞得沒有賞析的力氣和方向，只純粹表達一種迷戀；當時國片非常蓬勃，但無論是古裝的武打片或歷史故事、現代文藝愛情片或喜劇片，都覺得深度不夠，而少接觸，但西片總是製作上考究多了。班上很多同學愛看國片，甚至還會跟著哼電影裡的主題曲，念世新後我們除了看些大片像李行的「秋決」，陳耀圻的「蒂蒂日記」，其餘三廳電影幾乎不看的，覺得錢是能省則省。

高中，有一回同學特別鼓吹，勉強看了一部，不管是依電影的專業角度，還是知識分子的身段，大概都很難融入當時電影作為一種夢想，而實際粗糙速成的印象，你往往可以看到鏡頭裡搶拍的誇張畫面，明明是武俠片，卻看到主角戴著手錶；打鬥的荒原上，天空遙遠的雲端有架飛機飛過；文藝片往往只要一首好聽的主題曲，貫串全片，影片就會大賣。

種種穿幫的鏡頭，似乎並沒有影響當時國片熱鬧的市場，張徹的拳腳片捧紅了姜大衛、狄龍，瓊瑤的愛情片捧紅了二秦二林，一波又一波的電影狂潮記錄著台灣社會的縮影，觀眾看得過癮，演員也演得起勁。

一扇紗窗門

高中看了許多一星期就下片，像公路電影之類的小片子，沒有什麼市場性，像篇散文，劇情鬆散，淡淡幽幽而散發了許多平實無奈的生活基調，挫折多於喜悅的情節，負面感動多於正面勵志的結局，似乎和力圖早日自力更生的青年苦悶，貼切地呼應著。疏離的形式，反而益發表現了電影的魅力，越悶越有味、越沉越深刻，而變得懂了電影、變得嚴肅正經。

那時不但勤於做筆記，記記導演的風格和特色，也常深思並探索著電影裡許多象徵性的語言，試圖透過各種表現手法來歸納一些創作的邏輯。

進入世新念電影，更想用屬於自己個人的方式來說話，不管是運鏡、取景、光線、場面……安東尼奧尼的疏離感、費里尼的荒誕、布紐爾的超現實……都深深烙記我對電影癡心妄想的鍾愛，東拼西湊下，在戲院內外也同時嘗試堆砌自己的電影。

在電影習作的課堂，老師要求我們每學期，至少繳交三分鐘長的八釐米短片作業，看電影容易，做電影難，藉這樣的練習，我們體驗眼高手低出手窘境，認真和打混所展現層出不窮的取材、五光十色的紛雜畫面，有的同學的鏡頭是晃得看到一半就被老師喊卡。

班代表是個很會念書，老實、中規中矩的一個人，似乎和搞電影要的一點靈活、機智不太搭，卻繳交一部結構嚴謹，剪輯流暢，畫面扎實的紀錄片。他拍攝的主題是稻田收割，非常順暢似乎都能看到每個畫面傳出的快樂農村曲，班上每個同學相當驚訝而讚嘆，感動是那麼普遍的心情。

我的作業拍的是一扇門，我將鏡頭倒過來拍，畫面成直立長方形，釘著一扇老舊紗窗的門拍，紗窗上透過光，安排偶爾有人進進出出的生活情境，造成虛虛實實的幻覺和時光流逝的沉重不安。規定繳交三分鐘，我們就拍整三分鐘的影片，試圖把學到的一些電影語言的皮毛，象徵概念呈現出來，在一片交差了事的情形下，這部片得了老師的肯定。

一九零五的冬天

儘管曾經離開電影的召喚，投入廣告、設計、行銷、攝影的工作，在其他行業摸索、探求轉了一圈，但是天天沒有遺忘對電影的夢想……

做房地產的那段時間，天天談電影、想電影，無時無刻不在想著將來有一天一定要再回到所熱愛的電影裡，少年探索的苦惱，都沒比做房地產代銷，在大進大出

一九零五的冬天
王侠軍 秦之敏 徐克主演 余爲政導演
——新藝影業公司(香港)榮譽出品
一九零五的冬天
王侠軍 秦之敏 徐克主演 余爲政導演
——新藝影業公司(香港)榮譽出品

「一九零五的冬天」劇照

「一九零五的冬天」劇照

潛藏在記憶或者青春時期的騷動與能量，
幾乎無法透過單一的工作形式來滿足，
除了電影集合的所有藝術形式之外，
我不知道還有哪一種工作，
能夠讓自己的想像張牙舞爪地奔馳，
選擇走進一直脫不了干係的電影王國裡，
是終究的必然。

的風險裡，使浪漫態度色彩消失更惶恐，在經歷各式各樣、大大小小稀奇古怪的個案後，三年的房地產經驗，我們放棄可以想像的誘惑，毅然決然和為彥籌劃到東京拍攝「一九零五的冬天」，一部1:1.33規格的電影，一方面根本不符合現實放映系統的操作，一方面需要再投入資金於全然風險的藝術片發行上；於是決定算了，「一九零五的冬天」也只有幾個人見過。

潛藏在記憶或者青春時期的騷動與能量，幾乎無法透過單一的工作形式來滿足，除了電影集合的所有藝術形式之外，我不知道還有哪一種工作，能夠讓自己的想像張牙舞爪地奔馳，選擇走進一直脫不了干係的電影王國裡，是終究的必然。

等自己真正投入後，每個工作的內容彷彿經過長期的等待，但有一種驀然的熟悉感，也有一種新鮮的冒險樂趣，學校和片場，理論和實際畢竟不同，所幸幾年的社會工作經驗和體悟，再投身，和頭一遭對人事、環境的不相容全然不同。當我開始在五花八門如萬花筒的電影世界裡，努力專心嘗試每一樣工作挑戰時，心情開始真實起來。

第一張劇照

人天生都有一種叛逆、好勝的因子，任何事總希望和別人不一樣，一窩蜂或照單行事，總覺得虧對了生命，生命的本質應該就是創造，每個人應當有自己的想法和作法，有想要說的話，那就勇敢、努力把自己表現出來吧！

紅的劇照師手中常常會有三、四部戲同時軋著拍，而劇照師通常會等著男女主角有主要戲的時候，才會到現場將重要場景和對手戲拍攝下來，大部分拍攝的角度與攝影機同一個方位，如此也可避開許多鏡頭外的器具而不會穿幫攝入鏡頭，這是非常保險的作法。

但是對我來說，只要是陌生的領域，我一定會做很多功課，像閱讀、觀摩、蒐集資料，懷著危機意識，它催促你多做學習、早做準備。當第一次接劇照的工作，我立刻蒐集很多國內外劇照，解讀戲的情緒以及表情的張力，我希望劇照能捕捉或創造更多的戲或感情的魅力，所以它不是只有一個固定的角度，也不是急就章匆匆按下快門。

於是我選擇在片場等待。當然也因為我常在戲中身兼數職。一個上午釘在現場，不僅等待戲中的對峙，也等待戲的發生。然而某些時候在片場的等待，常常會徒勞無功，收穫並不見得馬上看得到。那時我就會將自己置身場景之外，就像童年躲迷藏的心境一樣，一個人在場景之外默默看著場景之內的變化，演員的排練、人的走位、運鏡、光線……然後等待一個很好的、充分的理由，讓自己按下快門。

沒有其他外務干擾，專心做好眼前的工作，是種幸福。每次當你開始做一件工作，你才有真正思考學習的機會與參與的責任感，也就因為這樣，專心一志成為我按下快門的訣竅，簡單不過。

雖然年輕的時候就喜歡在服裝上做研究和「計較」，像領葉的角度大小、袖口的褶痕收口、喇叭的寬度線條等等，也喜歡翻閱服裝雜誌，解讀些衣飾和精神狀態間的互動，但是真正碰觸電影服裝時，仍然戒慎恐懼，沒有把握所謂電影的服裝究竟是怎麼一回事？和日常生活的表達總有些不同，那是濃烈的戲劇，那是濃縮的生活，要的是典型。不過也許是那樣一種無從想像的開始，你才能真正投入，引爆你的想像力。

電影服裝又是一個需要下工夫的新挑戰，而工作的責任、壓力和期許，讓每個人瞪大眼睛，看到了平時隔岸觀火，品頭論足所看不到的枝節末梢，而在小心翼翼的真槍實刀裡，施展手到眼到的精準出擊。

我積極注意國外電影裡服裝的概念，有的片子常常一場戲下來，主角幾乎都是同一件衣服貫穿到底，不會覺得奇怪或突兀，緊湊的情節、燈光的效果、場景的變化表現得那麼自然，而有的片子往往是幾套衣服做搭配，表現出層次感讓電影情節氣氛隨人物的服飾變化，營造凝聚鬆弛的節奏感。而國片的慣性，幾乎是一場戲一套戲服，以不同的服飾來分隔不同的場次。

過去所謂的服裝設計，做的幾乎是整理服裝、送洗服裝的工作，所以不必看劇本、不必了解場景、不用知道燈光的營造；然而這是專業而考究的工作，你必須研究劇本，人物角色的身分性格以及情節的發展。再做服飾色彩的分析定位及布料材質的選擇。當時到布莊買布料、決定服裝形式、找裁縫師等等全部一手包辦、張羅，布料款式色彩隨人物場景做大圖表，來研判早晚、人物間和諧搭配，同時從電影中掌握劇情進展，掌握美感和需要。三〇年代的人是怎樣的氣質？公務員是什麼打扮？一樣一樣抽絲剝繭在腦海中形成脈絡，再一樣一樣繪製出理想的服裝造型。

一起來拍戲

電影的接觸學習，對我在整個生活與創作有著深遠的影響，在電影裡我們看到不同的各式各樣的美學角度，包括表演故事、影像、色彩、對白等，藉電影來表達思想與創意，並終至達成和溝通的目的；而我們在欣賞並追溯其中豐富的巧思妙想時，也了解其中實踐的掌握和堅持的毅力，絕對受益匪淺。

最想擁有的一部片，也許類似伍迪艾倫，在都市裡轉來轉去，知識分子的術語、無助、呻吟，喋喋不休地編撰著不安混亂的詩境，並糾結出時不我予的滄桑。也期盼警匪片，在中國歷史、倫理、風情文物的背景下拍出尼羅河謀殺案式，神祕懸疑的推理情節，並且文武行全來；或者是非常文藝的一點小故事，談一些特別的感情；或者是費里尼的超現實，陰暗的、細節的、象徵的或者玻璃的故事……想得太多，因為電影太大了。

可以有這樣一部片子的想像，在離開電影工作多年之後。

故事和舞台永遠在生活裡醞釀、發酵、展現；人生風格色彩奇異萬幻，隨時在改變，也隨時在調整。投入電影工作短短四年的時間。每一個過程無非都在刺探自我能量的底限，也讓自我美感經驗做出了投入的驗證，理想的狀況不就是這樣了嗎？

然而當你找不到創作的安全感，找不到足夠的鍛鍊空間，你漸漸害怕失去在工作中遊戲的鬥志……

誰的故事不精采動人呢？鎖定在五公尺的範圍內，濃縮在九十分鐘的時間內，驚覺銀幕上的你這一生所遊走的生活空間，所穿梭的生命時間，竟然也如史詩般的雄壯華麗感人，人世上的朋友、親人間的關懷注定，你品嘗自己的福報，你從未孤獨過，於是你明白曾經令人沮喪的幻象是什麼了。這就是電影，也是人生。

工作上付出與所得間的因果是合理而公平的，你審視自己的命運，它客觀地算計，一筆一筆從不懈怠地記著帳，從銀幕的汗水，你明白成功的笑容，是日積月累練習後的自然結果。

放大、追蹤我們的生活，在無數的ＮＧ下，必能剪輯出自導自演的個人電影，在如此漫長的製片過程，沒有為時已晚的遺憾，只有分秒必爭的情節。

一起來拍戲，看別人的也看自己的。

我總想藉住家空間的規劃、佈置，

來表達我對早晨的感受，

以及童年躲迷藏的遊戲裡，

所隱藏的促狹趣味。

我的筆不自覺將我帶進那個在印尼的我、

在永和的我、迷戀北投的我，

或者那個在左鄰右舍不斷穿梭探險的我、

那個計算著躲藏時不被發現機率的我、

那個清晨天微微亮的朦朧街上、

接近黑白喜悅的我，

我畫著快樂記憶和現實生活中自己的理想。

樑柱構築一個樸素、安全、自律的節奏

某個角落的神祕氣息，

往往就是你不敢靠近

卻又想辦法要靠近的探險寶地。

歲月軌跡上的諸多紛雜情事，

暫時沈澱。一旦生命唱針挖掘，

都將身歷其境一一獻聲。

我們不停地挖空心思，

尋找各種適當的介面，讓一切孤獨，

藉此得以和旁人和諸地交談，

談出一個共生共榮的故事——空間設計。

躲迷藏空間

我嘗試新的東西、試圖走不一樣的路程、企圖尋找新鮮的樂趣，生活總有一種無名的熱力，驅使著我的雙眼和雙手，在陌生的事物中定位自己。

在印尼，午茶後每天固定往不遠村落的廣場去看鬥雞，在大人下注的吆喝聲中，看著殘忍刺激的爭奪賽，然後，傍晚洗完澡後又溜到家附近的黃昏市場報到，看江湖藝人的雜耍、賣膏藥的表演、撲克牌的魔術、刀槍怪招，我就像一隻掙脫巢窩的幼小飛鳥，拚命飛進人群縫隙中探索，雖然千篇一律，依然百看不厭。

少年原始的活動力無時無刻不在生活中發揮得淋漓盡致，比賽爬到大約有兩層樓高製冰廠的鐵柱上，看誰爬得快能先摸到鐵皮屋頂。在榕樹上蓋木板屋，學習抽著丁香菸，感受大人的威風。

隔壁鄰居小朋友新買了一隻鬥雞，每天看他趾高氣揚地守著他的寶貝鬥雞，一副天下無敵的氣概，家裡的長工鼓勵我拿我的鬥雞去和他鬥，說對方的雞腳鮮嫩粉紅，不比家裡的深色有力，果然真的把鄰居體型比較高大的鬥雞唏唏呼呼給鬥跑了。無意間在樹叢中發現一窩雞蛋，欣喜若狂就像那是全世界唯一的寶藏一樣。於是，更讓我們這些遊手好閒的小孩子，喜歡在陌生中尋找希望和儲存記憶。老謀深算的研判，發現之旅的歡愉，在在告訴你經驗是重要的。

自由的視野

誰都會感受到一群人互動的新鮮和樂趣，卻也覺得有時候在一個人的世界裡，那種獨享的滋味又是無可取代的。自己常處在三不管地帶，漫無目的幻化許多想像，迫不及待地只為填補在現實活動中，無法完成的情節和那無拘束的隨意馳騁。

實在說不上到底愛不愛寫作業，但出去走走的驅動力，常常不顧一切放下寫了一半的功課，因此在印尼每天上學不是哭哭啼啼，就是拖拖拉拉，媽媽就會請哥哥姊姊幫忙把功課寫好，然後我就心安理得上學了。生病不去上學，一個人躺在床上，母親規定蓋著厚厚的棉被，我們相信出汗病就好；陰暗的房間裡非常安靜，我在寂靜中感覺自己獨處的自在，也編織一切不可能實現的夢想。有時也會一個人走幾公里到開照相館和咖啡店的表舅家，表舅的家人對我這樣一個到處闖的小孩，並沒有責問或驚奇，他們自然地款待我如同大人一般，請我喝咖啡、吃點心餅乾，我坐在桌前偶爾參與談話，小小的心靈有著被尊重的優越感。

對我來說，到鄰居家、親戚家那種自由進出被接納的溫暖感受，成為我童年最大的享受。加上蜜餞店後院浸泡肉荳蔻的糖罐裡，一顆顆甜甜酸酸的肉荳蔻滋味，立即竄上口腔的興奮；照相館內整排的明星照高水準，有層次嚴謹的肌理，和親切吸引人的神情；五金店懸掛的工具，激起動手動腳的衝動；刨椰子的凳子和咖啡店的麵包焦香味，都觸動生理、心理的波動。我在空間裡或躲藏自己，或發現自己，樂此不疲地在許多生活環境中蒐尋，我以為有一天遊戲會結束，然而我後來才慢慢發現，我童年遊戲的效應依然延續，在工作中、在生活中。

角落光影

家鄉的老房子上下兩層樓，一個簡單的主軸空間前後伸開，而許多暗藏的玄機一塊一塊左右散落，有時轉彎處是一間貯藏室，有時角落裡有個人正在那兒睡覺，每個機能空間不見得有門區隔，但是總覺得每個人的私密性和獨立性被完整地保持著，尤其房子裡的許多角落，躲藏與發現的各種可能性，都是兒時想像力的遊戲課題。

八歲來到台灣後，房子的視覺經驗有很大的轉變，在印尼房子佈局和結構大部分憑每家的需要和喜好興建，各自為政、長相不同，所以每次到鄰居家裡，永遠有一種新奇的搜索衝動。在台灣就不一樣，看起來整齊、有規律，整條街拉開，明顯感受到秩序與專業，大同小異，反會讓人緊張。

早期透天厝的構造狹長深遠，一樓前面是騎樓，房子內部隔間規劃通常前面是客廳，用上有鏤空圖案的三夾板隔成兩三個房間，然後餐廳、浴室、廚房，最後面有個圍牆隔著的小院子，簡單的長廊，直趟而通風。一開始住的時候非常不習慣，房間沒有與屋外相通的窗，白天陰暗，常要不停深呼吸，以對抗那份窒息感；房子一棟一棟非常緊密連結著，彷彿很親近，但又絕對獨立。一開門面對的就是大馬路，完全沒有私密的緩衝空間，也讓人一點一滴感受寸土寸金的都會結構。

然而在那樣的空間裡，房子裡的光影變化，使許多不確定的角落，變得巨大而沉重，單調又陰沉，有時在飯廳吃飯時，陽光從樓梯慢慢斜照進來，自己的思緒隨著光影移轉而改變，明暗的改變我們感受到空間的生命跡象而喜悅。不常開燈長廊盡頭的櫥櫃旁，它的模糊就會滋生許多傳說故事裡的鬼怪幻想，某個角落的神祕氣息，往往就是你不敢靠近卻又想辦法要靠近的探險寶地，兒童總是多幾根不安的神經。

把自己藏起來

小時候「玩」代表遊蕩，所以每次要到鄰居家找玩伴，都會特別去研判同學的媽媽是在廚房裡煮飯呢？還是在前院工作？希望能不照面，避免千篇一律的叮嚀。

他們的房子不大，有一部分是用棕櫚葉搭出來的，前面是鐵皮搭建的，在那樣的空間，你必須以作息習慣和機率來判斷，以便能夠順利叫出同伴，熟練之後你會知道什麼時候該從哪個門口進去，比較不會被他媽媽逮到。隔了一層牆，似乎能拿捏著裡面的動靜。

同學家旁邊的泥土空地，每次下大雨就會流失土質，也是我們遊戲的所在，站在空地上，可以看到他們家一整排各式各樣的窗戶，有的半掩著，有的完全打開，久了，直覺地，你很清楚每個窗戶裡住著哪些人？是他姊姊、他哥哥，還是他的房間。

人的內心，區隔著許許多多區域，有些可以分享，有些屬於自己，生活空間也有許多不同的存在意義，有些適合個人，它保護你、隱藏你，讓你在安全自在的條件下，沉澱、延伸自我。就像小時候我們玩躲迷藏一樣，可能是最安全的，但也可能是最危險的，你不斷計算著躲藏的安全係數，而當你做鬼，空間又暴露了什麼個性與光影，主觀機靈與客觀結構相應是什麼玄機呢？扮鬼的人要像偵探一般，分析不同的人將藏在什麼樣不同的場所，敏銳而獲重生。

對房子的嚮往

我喜歡的房子，是能呼吸舒暢、行動自然。

過去拍電影尋找場景，看過許多各式各樣的房子，有傳統的、摩登的、有金碧輝煌的，也有書香門第的，有位女主人拿出標榜一個一萬塊描金玻璃酒杯，炫耀它的豪華高貴，和一屋的闊氣，一組酒器的確架式壯觀，但當你舉目四望想進一步享受一屋的雍容時，你發現挑高不夠的空間裡，擺滿了完全不搭調華麗的法式家具，彼此排擠；手上戴著伯爵名錶並不一定能塑出個人莊重優雅的感覺，四周堆積所謂的昂貴和高級，仍要精心處理才能完成和生活、空間相融的和諧和美感，以及人或物樂在其中的自得。

在我成長經驗的感受中，個體自主獨立於無機空間環境的紛擾是最重要的。不管是印尼老家，還是士林的騎樓下，或是高中時，永和的二層樓「洋房」，都藏滿了對天然建材，環境質樸的懷念，因為它把人襯托得鮮活而自覺。

說是「洋房」，其實只是比較獨立、方正單調的房子，在巷子底只有我們和房東兩戶人家，院子裡有棵大樹幾乎擋住房子正面，屋頂露台砌有花磚圍繞和長著青苔的地面，整個房子材質陳舊古老而扎實，室內黑白駁雜的磨石子地、木頭窗櫺、木頭門，挑高的天花板和老式的吊燈，完全沒有矯飾的裝潢，只有最原始簡單的陳述能遮蔽風雨的空間，但在堅固單調的牆壁間，有著冰冷熱情、動靜軟硬的對比，使入出其間的人，驚覺柔弱身軀的原始動力。

那時也是家裡人口最密集的時候，大姊二哥也不住宿舍了，朋友常到家裡下棋，養的一隻小狗在前後院相連的小巷道東奔西跑，有時我也會一個人爬上二樓樓頂的露台上，眺看遠方的稻田和四周逐漸興起各式公寓的都市風景。

房子內的光影隨時在變化，房子外的環境也不停改變，但是對生活樸質的嚮往，卻從來沒有消失。大塊的明暗光影、鬆弛的家具擺設、明朗的空間結構、乾淨的冷漠語彙……清冷中，讓人感受生命的力道。

永和十年，我的閱讀習慣在那裡養成，我青春的視野在房子裡不斷擴大，和高中時期的好朋友，騎腳踏車、尋找舊書、到裁縫店改喇叭褲……

黑白早晨

我們常常會因為有了新的東西便取代舊的，但是，關於累積在記憶中莫大的感受，是怎麼都取代不了的。

上小學時，班上的級任老師非常喜歡逗我，大概因為我是班上年紀最小的學生，女老師每次總會向別班老師說：你們看可不可愛。可是每次被老師那樣推出介紹時，總覺得非常不自在，但內心可以感到老師的歡喜，加上功課、運動都不錯，無論自我肯定或別人肯定，總覺得學校有不錯的事會發生而熱切期待著。

剛回台灣，就讀士林國小三年級下學期，第二次月考的時候，第一大題注音還搞不清楚的情況下，考了全班第一名，全家跌破眼鏡，以前在印尼不願上學，現在怎麼變得如此積極上進了？就這樣，我每天幾乎都是班上第一、第二個到教室的。

早晨對我的意義永遠是正面的。

太陽仍在山後，光線微弱，一切都還沒有真正明朗，早晨的色彩接近黑白，空間錯落著巨大塊狀光影，昨夜電扇呼呼吹著的燥熱，一到清晨全部揮發散盡，清爽乾淨的空氣讓人清醒，一路上逐漸明亮的光帶來對比的反差，漸漸接近學校的喜悅，開始有了色彩。

我總想藉住家空間的規劃、佈置，來表達我對早晨的感受，以及童年躲迷藏的遊戲裡所隱藏的促狹趣味。我的筆不自覺將我帶進那個在印尼的我、在永和的我、迷戀北投的我，或者那個在左鄰右舍不斷穿梭探索的我、那個計算著躲藏時不被發現機率的我、那個清晨天微微亮的朦朧街上、接近黑白喜悅的我，我畫著快樂記憶和現實生活中自己的理想。

我喜歡的房子，是能呼吸順暢，行動自然。

品味一香水

香水是我童年裡，
治療暈車的最佳良藥，
而對在空間細膩氣氛的醞釀，
這溶劑，
讓我以嗅覺不斷解讀著
人與人之間
一種看不見的暗示性語言……

都會越來越紛擾得難以掌握，人們穿梭在擁擠的窄小空間彼此傾軋，視覺已經被動遢錯亂的光影所疲勞轟炸，卻也沒讓鼻子稍稍安寧些，你根本無法以距離躲開四面魯莽氣息的不停逼迫，這些不明不白的氣味渾濁而陌生，有場所的、空間的、材質的、身體的……，外加又與色彩、造型混合的排列組合……，這時如果飄來一股定義清楚的氣味，那真像天上伸出一隻援手正將你拖出溺斃的絕境，此時雖然眼睛依然矇矓迷惘，鼻子卻已經振奮清醒，為一種明確的善意近身而心安。

對香水的需要和意義，一直不停地在變，過去總覺得它是一種禮貌、一種識別、一種心情，Dunhill華美世故、層次分明，Cartier都會進取、清爽明快，Hugo boss清新活力、不停揮發，三宅一生風雅優靜、內省滯留……呼應著心態和期許，各個借力使力、粉墨登場，全然是強勢的自我主張。

然而這些年由於旅行頻繁，空間地理改變了形式、人物、色彩、風格……的內容，這些視覺所引發，一時無法隨遇而安的生澀，就需捕捉可以立即相融的線索來穩住膠著的狀況；服飾裝扮制服化、全球化後，外觀的辨識越來越難捉摸周邊身影的意圖，而現況的高速變遷更教人無所適從，一方面對視覺絕望，一方面鼻子也因長久閒置而遲鈍，只有希望藉強烈香味嗅覺來解讀那深藏靈魂的質量，以為自我取得心安而自在的手段來穩定淨化都市因快速前進腳步所引起的震盪和雜亂。

或許你我會萍水相逢，請你噴些香水，為我們將面臨的處境彼此設法鋪陳出能理出頭緒的訊號。當然，如果那是個開闊的鄉野郊外，香水就免了。

貳 | Process | 經過

唯有不斷將生活的冒險、
感情趣味融入新形式中，
藉視覺、感覺愉快的經驗，
改變生活的慣性，用知覺過日子、
用創意找進步。

由「天池」的倒影和漣漪，

尋找來自大自然的氣度和能量，

希望用中國人的方式，大跳玻璃的現代舞。

（文建會委託「生活文化」系列設計作品「天池」）

好奇心使我們從來不放棄，

沿著興趣，載著熱情和信心，

多參與新遊戲的機會！

從來沒有想到自己有一天，

會是一位「做玻璃的人」。

然而，沒有想像並不代表不會發生，

累積我過去的閱讀、工作、

目光、感動……

我的夢想在尋找玻璃藝術的路上，

有了三百六十度的轉變。

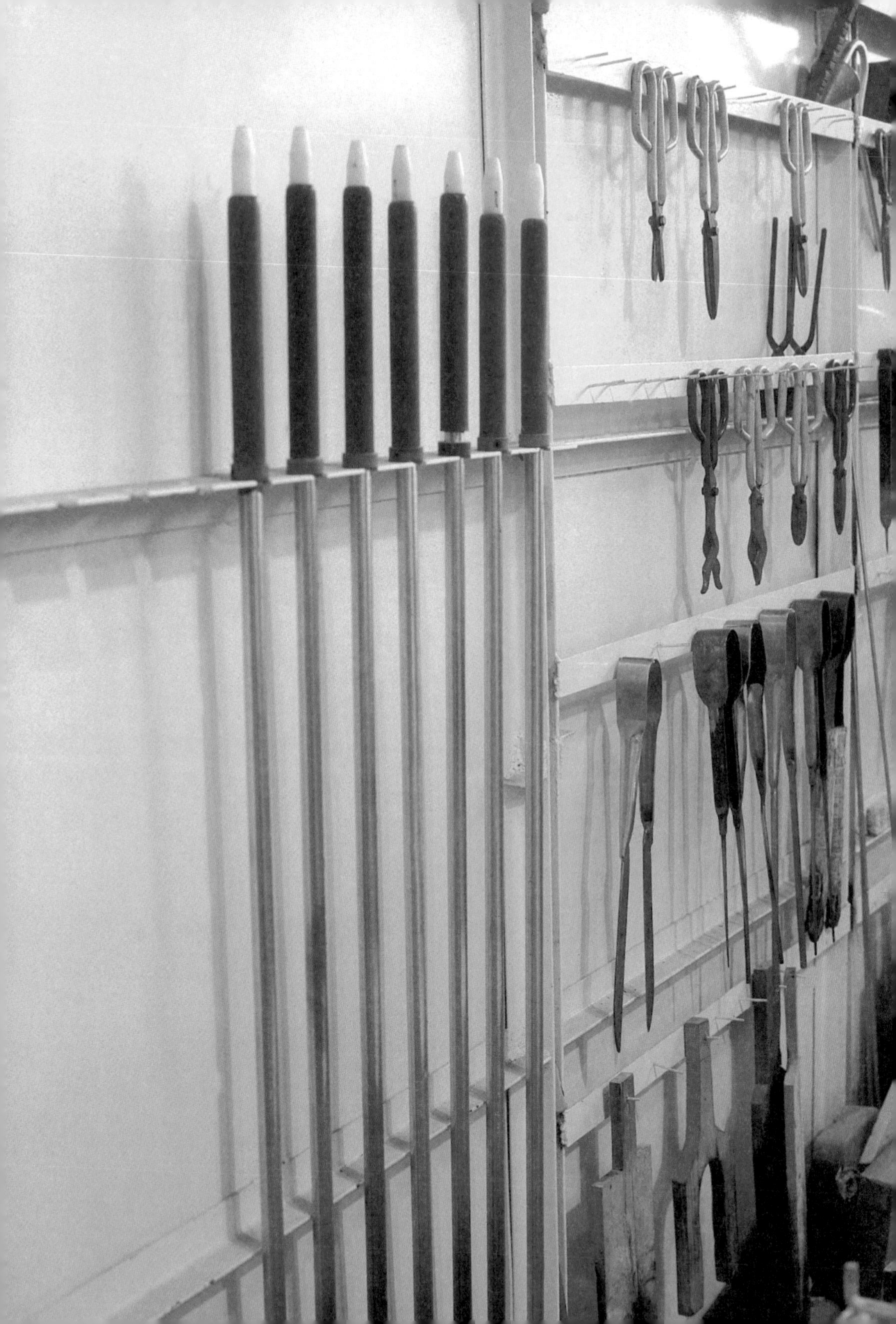

夢想360度

如果說要為年輕時候自己的性向興趣畫上刻度的話，我想每個人都有那類似羅盤密密麻麻的面板，顯示了各種走向與方位，而好奇心使我們從來不放棄，沿著興趣，載著熱情和信心，多參與新遊戲的機會！

譬如我希望成為一名科學家。

數學、物理的邏輯世界，對我來說是親切易懂的，其條理分明層次嚴謹，推演脈絡環環相扣，而機械的構成更是理性客觀，其運轉的可逆性更是直截了當，彼此牽引相互拉扯，其中能量的應用和傳遞，對懵懂少年有著深刻的吸引力。我記得住在永和時，家裡住著一位同鄉叔叔，他身邊有個應有盡有的工具箱，深深地吸引我。有一天趁他出門時，我藉機開啟他的工具箱，從此就無法自拔於拆解各種家庭用品：音響、吹風機、電熨斗等等小家電，甚至是腳踏車……就像大多數三十多年前的青少年一樣，念理工組，科學家的夢想和前途，遙遠而偉大。

譬如我想成為一名導演。

凡是大師的影片一定非看不可，記錄每個導演的手法特色、分析劇情結構、沉醉鏡頭韻律。當兵乃至退伍，接觸軍中夥伴或社會人士，總喜歡與大夥暢談聊天、交朋友打成一片，試圖在各個階層的生活經驗、風貌找到導演夢的人文基層架構。因為電影創作能以更快速的方式，有效地傳達、溝通大千世界裡，無常生命共同的情感和期許，而映像思維的多變，一如生活的瑣碎發展，可拼貼出無限的可能。

譬如我想成為一名作家。

曾經每天回家固定寫個幾百字的深思和觀察，密麻的筆墨，慢慢爬出故事來，作家是獨立、個人、安靜、自由，除了自己毫無瓶頸，天馬行空描述自我的心思，手握的筆，向內向外，觀想疾走，無論是什麼方向，它都是純粹。

也許我可以成為一名攝影師。

把玩相機的年齡很早，閱讀攝影名家的作品也從不間斷，常常獨自一人背著相機拍下各種照片，藉客觀的角落傳達內在的情緒，接著整天整夜泡在暗房消磨，藉每一分每一寸的明暗層次，推演超現實的情節，來表達實現生命、充滿理想的期待課題。

其實我應該最愛畫畫。

初一有一回上歷史課，我不斷在紙上畫著躺著、臥著、站著各種裸女的圖案，各種線條形式的裸女、看著柔軟線條的甜美。突然，被歷史老師一聲叫住，問我在做什麼？叫我交出手上的圖紙，當時，只覺五雷轟頂，茫然混沌，在那個保守的年代，上歷史課畫裸女，後果可想而知。

我走到老師面前，一片空白……老師把我手中的紙拿著看了一下，不可思議地，他竟然把那些畫丟到垃圾桶，叫我回座位，然後繼續上課……

高中上美術課，交作品給美術老師時，她端詳了好久好久，然後問我：這是你畫的嗎？

藉完全沒有意義的點線面，一方面將情感投身在諸多形式的符號上，一方面藉思緒尋找情感的共同方向，繪畫創造出其不意的空間，對我也是不可思議的魅力。

做個設計師也是十足的挑戰，藉顛覆來實踐生活的新嘗試，一個美好的造型，一個玩味的想法，玩出一個流行的新生活。

實在無法解釋哪一種志向才是我最希望成就的，因為一切都是那麼美好，在多彩繽紛的生命裡，不論夢想什麼，在追求的過程，忠實自己的感覺，而深入探試埋藏在內心的底蘊。

倒是從來沒有想像自己有一天會是一位「做玻璃的人」。然而，沒有想像並不代表不會發生，累積我過去的閱讀、工作、目光、感動……我的夢想在尋找玻璃藝術的路上，有了三百六十度的轉變。

而從琉園晶瑩剔透五彩繽紛的玻璃，到八方新氣溫潤簡約真白無瑕瓷器，又是個三百六十度的轉變，從典雅到時尚，從興趣到使命，不同的心境、思緒，隨著年齡、經歷和外在的氣氛，讓人轉個不停……

透明感的希望

有所展現、發揮是每個人在生涯規劃中最重視的元素，不僅能保證將來工作情緒的品質，更是持續適應良好的基礎，客觀環境條件的變遷，必然影響主觀的抉擇，而主觀價值的改變，也會影響對客觀環境的看法。於是每個人在自己人生大道上駕著自己的車，看著前方的路況和遙遠的目的地，隨時向左向右，對我來說完整的創作空間是我的目標。

從照相館、編輯、設計、廣告、出版、電影到轉個大彎做玻璃，看似酒醉駕駛，了無章法地亂闖，其實是帶著滿懷的希望，快樂地馳騁不同的領域，由映像、文字、企劃、生活到光影的舞台，每個領域都帶來不同的不捨，但自信、壓力是相同，它不是盲目的也不是無可奈何，在每個高潮的轉向，像所有人一樣對著陌生的象限，在尋找新的座標時，必定做完自我主客觀因素的判斷、調適、準備、學習，然後帶著畫好的藍圖勇敢的跳入，而方向燈也將全身能量隨創作希望的方向閃爍。

對許多事情常會充滿疑問，原本就是少不更事，熱血沸騰的年輕人本事，好奇與探索總能激發我專心一志的往前衝，十七、八歲以前原本想成為一名科學家，後來跑去讀電影，因為發現了許多非科學家的英雄，而想效法他們，以生活經歷去驗證另一種夢想。

想成為像樣的電影人，大量閱讀了不管是文學、社會學、人類學、戲劇、舞蹈等等書籍，囫圇吞棗，不想錯過任何一種領域裡不同素材的內容和思考的方法，然而，如果經驗在反覆現實運作的過程中，無法肯定的把握時，那麼在如此全然無法掌握勝負的工作裡，自我累積的又是什麼？

就在同時，愉快經驗的「大海計畫」拍攝及上映剛告一段落，檢視四年的電影工作，雖然勝任愉快也受到肯定，但對未來，在製作和在環境因素的掌握上，有一種空虛的無力感。好心的朋友希望成立廣告公司、托福的成績時效即將過期、猶豫電影的夢想拉鋸著、家中第二個小孩剛滿月，而玻璃的光芒也已然照耀了兩年。

對廣告突然有「在乎曾經、何必擁有」的感覺，評估自己無法再去重新面對廣告工作的挑戰，雖然那是對我十分重要的學習和經驗，它帶來對生活趣味而溫情的反芻習慣和能力，那是充滿甜美而積極的創意動作，但又擔心它落入長期不厭其煩地解釋與說明，你所花在溝通協調的時間，漸漸呈現馬拉松似的漫長與單調，而敬佩也羨慕長期投入廣告人的堅忍。

三十歲中年轉業的心情，也許只有自己是最了解的。深刻而清楚自己在塗鴉了許多年之後，似乎導演的夢想、科學家的夢想、作家的夢想都比不上在設計和創作，親身動手動腳所獲得的快樂和滿足，於是醞釀一個徹底由生命底蘊作為創作的題材和空間的大轉變。

重新當學生，已經沒有老氣橫秋的青春了，也沒有太多的非分空想，但是總算感到內心的實在。房地產時期的昏天暗地和出生入死、電影工作的反覆等待和市場擺佈，被一一放下。一切源頭，只因為我認真地注視從十歲的時候，就開始常常有意無意間拿著把玩，在家中一直擺著那一個玻璃文鎮的質感，讓我重新打方向燈轉了個彎，並長驅直入。

簡單的質地，乾乾淨淨的透明光澤，觸摸或觀看都非常動人，一個五片模壓鑄成形的玻璃文鎮，底部清楚噴印著LALIQUE的字樣，我蒐尋著沉潛在內心的透明感。而碰觸到如此深邃、清涼、平靜的呼應。

從一個簡單而樸質的玻璃文鎮，我進入一個喜悅的、豐富的、無窮的玻璃世界，在那個世界一切憑空構築、一切充滿希望、一切無法想像和只有做了才知道的嚮往！

我也許並沒有奢望可以成就台灣的玻璃藝術，雖然我有強烈的期望和藍圖，但是，我總是深深盼望當我創造出一件件玻璃作品時，我手中這透明感是一種希望，具有我對世界、對生命的新註腳。

從一個簡單而樸質的玻璃文鎮，

我進入一個喜悅的、豐富的、無窮的玻璃世界，

在那個世界一切憑空構築、一切充滿希望、

一切無法想像和只有做了才知道的嚮往。

我也許並沒有奢望可以成就台灣的玻璃藝術，

雖然我有強烈的期望和藍圖。

但是，我總是深深盼望，

當我創造出一件件玻璃作品時，

我手中這透明感是一種希望，

具有我對世界、對生命的新註腳。

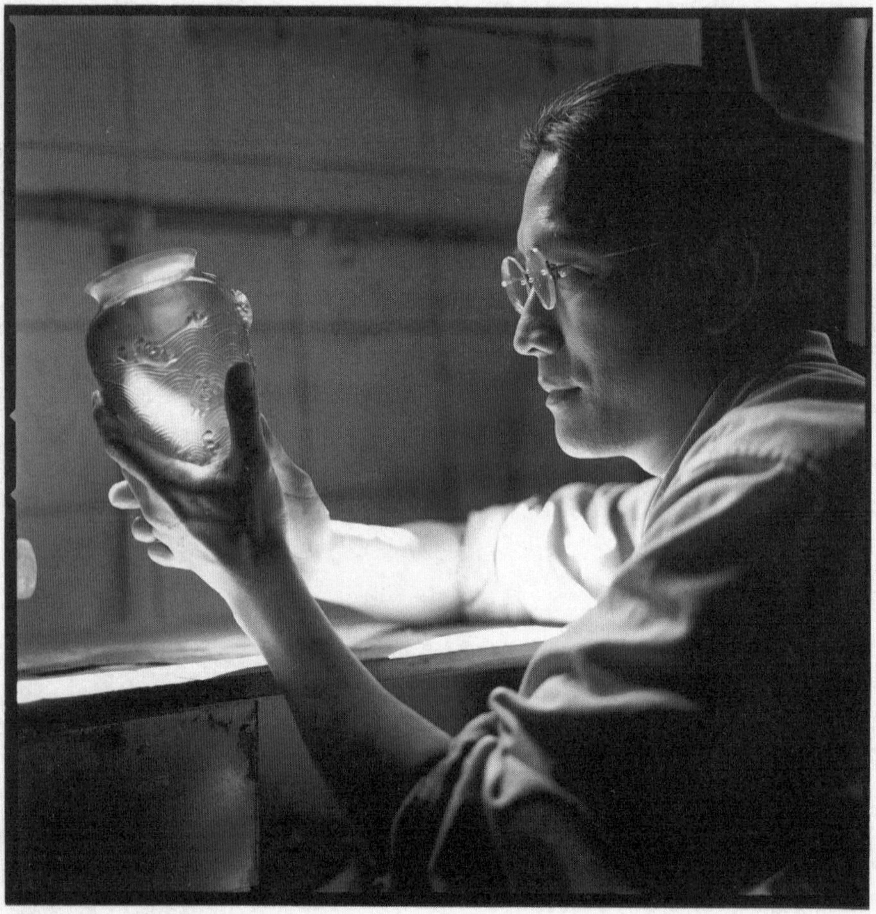

哪怕只是片刻，
端詳讓我們學習珍惜、感覺沉重，
了解不足而體悟真誠工作的真義。

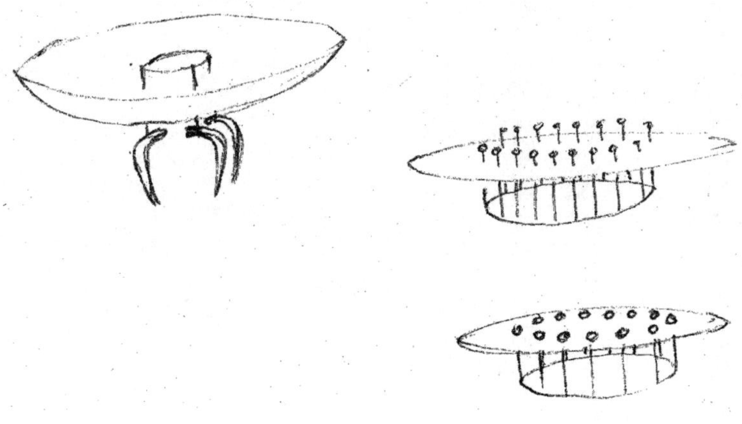

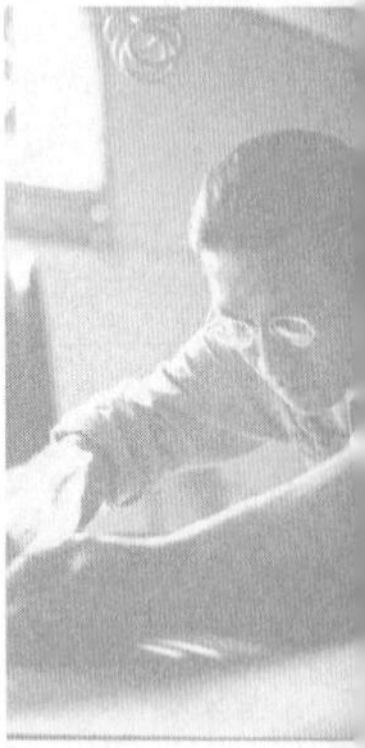

寂靜疾走的溫度

當一切灰飛煙滅時，大地只有玻璃。

——美國玻璃藝術家Albert Young

我喜歡尋找生活的可能性，將形而上或形而下的趣味概念，植入生活物品上的聯想相當吸引我。一樣的杯子和盤子，由於改變了使用的模式或呈現的型態，而將對生活感動已然麻木的激情重新喚醒，也就是改造物品的性格，再建生活的機會和方向。

譬如人要睡在什麼樣的床上，才能寬宏大量？坐什麼樣的椅子，會看出自己的尊嚴？在什麼樣的桌子上吃飯，能有稱兄道弟的熱絡氣氛？用什麼樣的杯子喝咖啡，能喝出歷史的況味？空間裡可以放什麼樣的家具，感到空氣比較清新？用一些議題，改變功能的運作，並創造事物的新面貌，和空間裡的氣氛是有趣的活動。有人喜愛靜物畫、有人偏愛風景畫，我喜歡在功能性的探討循著生活機能自然軌跡，馳騁天馬行空的創意發想。

習慣性的隨時隨地構思、構圖，一直到突破的快感瀰漫整張紙。尤其在夜裡畫畫，孤獨快樂、自我陶醉，一個晚上可以畫上好幾十張可能永遠不會實現的圖像，不停地以線條琢磨出腦中的思緒，構築不需太多成本的新世界。如果對照叔本華所謂的「本體論」——人類的意志，我覺得創作力是人的本質。唯有不斷將生活的冒險、感情趣味融入新形式中，藉視覺、感覺愉快的經驗，改變生活的慣性，用知覺過日子、用創意找進步。

一九六二年玻璃的角色不同了，Harvey Littleton六個月內小型玻璃熔解爐的研發成功而推翻五千多年的定律，大家開始玩玻璃，創造玻璃，很快MEMPHIS一干人張牙舞爪地染指了玻璃，並攻陷很大的版圖，世界已經走得那麼遠了。其實早在一九三七年芬蘭的Alvar Aalto藉Savoy的花器告訴我們，產業就生活角度要怎麼去玩玻璃，而捷克的Stanislav Libensky也在一九五七年在作品「Head I」，無助人頭的陰沉基調明示了心靈活動如何跳脫產業；玻璃又如何藉個人思維、勞作，更展現純粹、美感、思想的多樣可能性。於是，逐漸玻璃的創作吸引無數好奇心思的注視；一九六二年終於水到渠成，玻璃驚天動地地帶動了有十餘種創造手法的藝術運動——Studio Glass Movement。路是走不盡的，柳暗花明又一村，玻璃是如此，人也是如此，豁然開朗是一顆不停地歸納生活，解構生活的心。

底特律，十二月冰天雪地，堅硬冷漠而空蕩，充滿敵意，當你有所企圖時，此刻最讓人深刻體會，所謂的勢單力薄和無能為力。狹小而暖和的玻璃教室，令人遠離冷漠的壓力和現實環境的種種不安，重回了個人熱情的期盼；一遍又一遍在生疏、挫折間，淺嘗玻璃與熱度共生共榮的生態，玻璃與肢體彼此協調的節奏。

幸運的，很快找到其中規律而感受無窮的樂趣，各式各樣的技法，理論大抵有了初步的基本，吹製、鑄造、沙模、研磨、拋光，從早到晚不停演練，在熟練的過程中說服自己，安頓自己。說服自己毅然決然的選擇，是正確的，玻璃是有希望的；安頓自己技術養成非遙不可及的疑慮，玻璃是平易近人的。雖然遠離家人、朋友，在陌生國度的寒冷冬天，雖然對中年的未來仍缺乏明朗的把握，但第一次感受激情的溫度，在篤定的抉擇中快樂地上升。

按學校規定，開頭還跟著一般的年輕同學上一些共同科目、記筆記、做作業，歷經數次溝通，校方終於為這執意要學玻璃的台灣老學生網開一面，允許選讀初級、中級、進階的所有玻璃課程。一有空就泡在圖書館找資料，搬一堆書問教授，否則就是窩在玻璃教室——零下十幾度的底特律。

我在建築樸質的教室內，屋外是大雪紛飛寒冷的遼闊，屋內是轟隆烈焰吞吐的熔爐，我一點一滴，追求了解玻璃的極致美感，對玻璃的憧憬企圖有許多許多等著實現。然而就是現在一個在烈火前的我嗎？有一點孤獨，也有一點寂寞，可是另一方面卻感覺到一絲的驕傲和喜悅，甚至是孤芳自賞！全台灣居然有一個這樣的人孤零零的來學玻璃，他的開始是優越還是責任？是希望還是無知？

屋外安靜大雪下著，屋內瓦斯爐音爆轟隆隆作響，我的內心卻如此寂靜，看著不對稱的火光，在老舊又具現代感的建築裡燃燒閃爍，聽著鍋爐的引爆聲、雪聲以及內心靜寂的心跳聲，面對著光也背對著光的我，有著無法形容貴族般的任性和倔強，在一九八七年年底的底特律冬天，慢慢忘掉第一天上課，毛髮被火舌急速吞噬的激烈痛楚和恐懼。

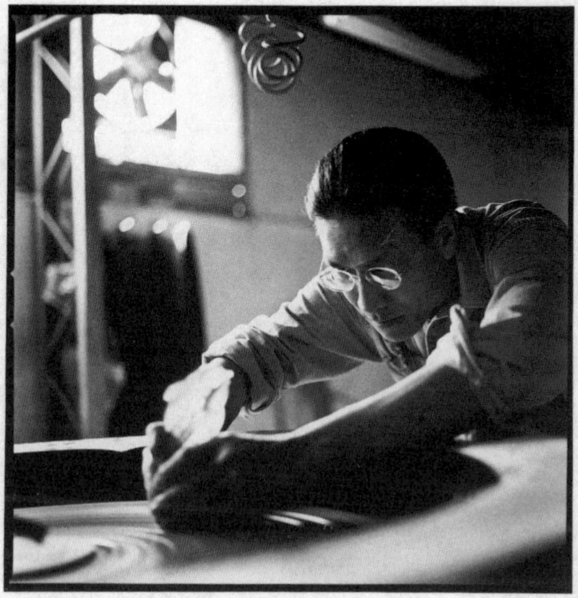

在每個高潮的轉向，
像所有人一樣對著陌生的象限，
在尋找新的座標時，
必定做完自我主客觀因素的判斷、
調適、準備、學習，
然後帶著畫好的藍圖，勇敢的跳入，
而方向燈也將全身能量，
隨創作希望的方向閃爍。

品味一牛仔褲

有哪一種物件，
可以這麼勇敢地忍受著青春的縐褶，
除了屬於自己的那一條牛仔褲之外……

在買不到牛仔褲的年代，卻對牛仔褲有特別的情結。

三十年前，牛仔布的厚重和粗糙幾乎沒有人願意穿，一般人還是習慣毛呢、尼龍或棉布，牛仔布仍鎖在美國，不是世界的流行。但是，我們卻專門找牛仔布料的褲子或外套，甚至請僑生幫我們到國外去買，去找……

一開始，只是研究Levi's後面的那一塊真皮的軟度，那是一種真實的感覺。還有釘在口袋上的銅釦與銅拉鍊的品牌，最感興趣當然是布料的結實特質，那種穿久了磨損的原始粗糙感，沒有人工與科技機械的感覺，彷彿可以誠實地接近你心目中偶像歌手嬉皮頹廢的流行形象一樣，而服裝竟然也能越陳越香地被接受。

我有一件讓我很懷念，也是最愛的牛仔夾克，大哥穿過、二哥穿過再傳給我，一件穿了多年酷模樣牛仔夾克，夾克上一顆一顆磨損發亮的銅釦，還是會讓人莫名其妙地感動，質地緊密，不論洗過幾遍，布料永遠是層次分明而且挺拔，不像現在的質料在洗過幾次之後，便失去原來編織的彈性。

這件歷經兩個哥哥的舊夾克，從國中一直穿到高中，從嫌大到合身，都捨不得丟掉那種原始的帥氣。後來，實在不能穿了，於是試圖訂做一模一樣的夾克款式，還忙著四處找釦子、找縫線，讓裁縫師傅按原件照做，運用他的車工和技術，複製曾經陪伴我最久的一件牛仔夾克。

過去在印尼常看母親裁縫，自己也會坐上縫紉機去踩踏兩下，穿穿線頭、玩玩車過線頭的布料，看母親車過翻了好幾翻的衣領，考究的車邊，撐住衣服的架式，尤其在車線上的功夫，讓我後來在訂做的裁縫師傅那邊，常常為了布料上的兩條車線無法平行而爭吵，就是差了0.1公分也覺得刺眼。

可是，做了好幾次，就是做不出那個味道來。

牛仔布料，是任何一種布料都無可比擬地讓人充分感受到自由與青春的氣息，不論是縐褶與折舊刷洗都隱含著活力隨性的美感。也許對於東方人來說，身材比例不像西方人來得適合牛仔布料，但是它的隨性與耐磨耐洗、它的個性表現，永遠無可替代。

我記得我的第一條牛仔褲，Levi's，穿上好多年破了還是捨不得丟，還將褲管剪了變成短褲，刷白的短褲，褲腳扯著鬚線，的確要承認其中的情緒……有哪一種物件可以這麼勇敢地忍受著青春的縐褶，除了屬於自己的那一條牛仔褲之外……

性感樂觀主義

曲曲折折的生命蒐尋，有人幸運及早就選定了方向努力向前，有人像時針360度不停地旋轉，方向尚未確定，時光已然流逝。

我們常說一步一腳印，只要認真努力生活著，不必擔心沒有沉澱的；所有曾經都是因，因果的業力不會中斷的；努力的、追求的、經驗的腳步都是下次向前邁進的使力點，資源、經驗是累積的，心胸、眼光是拓展的，而在方向不定時，難免為周圍太多的關懷所干擾，於是總有那摻雜著不安和自信的焦躁。

人都被要求對實現有所交代，世俗的成敗標準早就訂在我們前面，甚至它都有既定的時間表，交代晚了、慢了，或者不按評量的標準方向有所交代，都會引來質疑或關心。要去追究成敗是以物質或精神，自己或他人的角度做衡量標準的答案也是多餘的。

其實從開始去學玻璃回國，即被質疑良久，過去在台灣玻璃畢竟不是學院的事。回顧這斷斷續續不時改變工作、身分的職場生涯，的確很不堪；但從某種角度對我來說，這斑爛駁雜的經歷高潮迭起，以實質累積的自信和樂觀的性格，按部就班，面對問號、面對未來和自己。

每天都有新的想法和新的感覺，透過各種方式希望讓一般人對玻璃發生好感產生好奇。從新竹的玻璃工廠發現，竟無法用機器壓鑄出像LALIQUE文鎮這樣精緻的造型，又了解台灣的玻璃藝術遠較於義大利玻璃有創意的活力，還有法國高雅的玻璃專業，也比美國、加拿大的玻璃工業，德國的玻璃科技來得更具挑戰更具意義，玻璃承載著龐大的潛力亟待開發與創造，有著自己文化意象的晶瑩。

一九八八年，成立「琉璃工房」到離開，五年之間，從草創到奠定穩固的基礎，到結束共同奮戰的情分和分道揚鑣的最後抉擇，只希望自己對創作的誠意可以被真正落實。

開始尋找屬於自己的「琉園」時，常常深思，除了在技巧上、思考上、創意上完美的作品外，還能再開創什麼新意？讓這誠意、樂觀、自信的題目能保有原汁原味的理想性？

於是將文化和藝術的推廣和教育，當作琉園經營的基本理念方針，將這個理想一點一滴期許落實在社會大眾和琉園夥伴身上。於是我們有對外的玻璃雜誌《琉園》（後改為tittot）、玻璃教室、玻璃文化講座，而對內我們更有專業的藝術創作課程，派外訓練，希望藉這些推廣、教育訓練、文化活動，表達我們對著這個材質真情真意的喜愛，時時不斷表達自我負責的誠意，藉創作的專業能力建立悠久長遠的樂觀和自信，大夥兒去闖蕩更深更遠的玻璃志業。

曾經有位日本收藏家，對我的作品說了「性感」兩字。

我雖然不是很了解這兩個字與我的作品做了哪方面的連結，但是工作了許多年之後，你總是知道可以在何種線條牽引出感人的元素，你也知道造型和創意的有趣，在於吸引著視覺、挑逗著冒險犯難的童心，你於是知道，原來可以帶動共鳴的那麼一點手段，讓你的作品有著「性感」的語言。

費里尼說：我從來不看我的電影。

我很少回頭看自己過去的創作，可是我卻不斷回頭去抓住我的樂觀主義，好讓我的作品一直保持著性感的姿勢，深深打動每一個會愛著玻璃的人……

似乎，時間又到了，有一種召喚催促著我宿命的提案——八方新氣，我以高溫焠煉接續千年器皿形制，沿革文化接龍的歷史工作，一個時代新站相的必要接續……

破碎的至上美德

有死亡才顯出價值，與人類文明共生共榮近五千年的玻璃，隨時隨地極易損毀的宿命特質，正是它最可貴的所在，不僅在價值歸零上，更在啟示上。

德國人曾說玻璃是人類最偉大的發現，可不，在人類文明的進化上玻璃是最重要的材質，上至天文、下至地理，二十四小時從日常的生活到科技的運作領域它就在你身邊默默做貢獻，你可仔細體會過？

而一九六二年開始以玻璃當作藝術創作材質的工作室玻璃運動更將玻璃的舞台提升至文化、藝術的層面，而它無可取代的透明、半透明、不透明敏銳的光影互動和十五種因溫度不同柔軟度不同、所衍生出風貌不同的工藝，你心中的所有可能，它全可以完成；妙的是玻璃創作的道理簡單易懂，原料、設備相對低廉又容易取得，它具平民化的創作形式，難怪在世界各地紅紅火火地展開，成為最時尚的藝術表現。

入門門檻極低，一如紙、筆、墨、硯的伸手可及，但必須經年累月的投入修行，方得價值連城的火候，方能掌握精、氣、神運用自如的書寫功夫，有幸二十餘年和夥伴玻璃教育的推廣工作有了初步的成效，兩岸三地專注於水晶玻璃脫蠟鑄造的工藝，正快速蓬勃地發展，人的廣度有了初步的成果，期待質的深度能更精進，相信這有別於西方風格的創意和工藝的價值，必能成為屬於我們的文化傳承。

由於導熱以及延展性的不良，玻璃的工藝最重要是作品各個部位均溫的掌控，所以退火徐冷要很精準地處理，否則因加溫所產生的內部不均衡應力，將會引起龜裂的問題，玻璃的破碎是個慘不忍睹的局面，因為借題發揮的應力，乘機火上加油極致演出，鋪陳一個難以收拾的場景，面對細瑣邊緣帶有寒光數也數不清的碎片，先用掃把仔細掃一遍，仍不放心，吸塵器各個角落又搜尋一遍，這應力不知把碎片炸出多遠，不行，最後跪在地上又好好用抹布擦拭一遍。這毀滅的意象，結合了完美作品化為烏有的失落，心為之糾結慌恐的破碎聲，可怖災難畫面，煩人的善後工作，身心都痛，於是人們知道如何和玻璃相處——小心翼翼，必須珍惜。

於是建立細心、緩慢與事物互動的習慣，慢，讓我們有體會、品味事物美好的空檔，有了感覺，就會珍惜，這份珍惜的心態開始延伸擴大到周遭的人、事、物、環境的對待上，漸漸惜福、感恩之情油然而生，玻璃強勢地培養我們的習性。

日本人說玻璃可貴是它不會生鏽、晶瑩剔透容易清潔，我說它的易碎是至上的美德。

而精美的瓷器在其洗練的線條和溫潤的肌理下，也蘊涵同樣的美德，它引領我們走入惜福、感恩的情懷。

花錢買汗水

二十年前開始，我每天幾乎要花上八個小時在1300℃的坩堝爐前，用盡所有的氣力，汗流浹背地完成三、四件吹製作品，其他時間還得做鑄造、收尾等技法的體力活兒，連續十四年，我如此期許用筋疲力盡和汗水來換取創作的生存空間；這種一分耕耘一分收穫的直接肉搏，清楚體現物質間交換的量化準則，為此每天還要有嚴格的作息規律，以達養精蓄銳的效果，當然也要斤兩計較，絕不做無謂的體能消耗，汗水是有可計量的單價的。

此時我在家附近新開張的健身中心跑步機上快步行走了三分鐘，汗水開始隨擺動的肢體飛濺，差不多三公里了，燃燒的卡路里指數二六〇，預計再十分鐘暖身完畢後將嘗試其他擴胸、健肌、強心等器材，此刻情境不禁想二十年前諸多情事。

一九八七年剛到美國學習玻璃工藝創作時，初學者只能選擇玻璃入門的少數課程，為滿足學校學分需要的規定，不得不選修其他課目，比如服裝設計等，其中有一門行銷課程，一上課教授即要求於健身中心和健身器材二者間每個學生選擇其一，就行銷上的思維做其未來發展趨勢的分析報告。

當時此類健身事業在美國已有75億美元的市場規模，教授也簡單指出這兩者基本上的優劣情勢，如：健身中心設備新穎，種類多樣，既不必善後空間又寬廣，有諸如餐飲設施完善，又有教練指導，課程設計……但要消耗往返的時間，繳交許多經常性的支出；相對的自購設備雖然在家運動，方便和不必額外的開銷，但設備少且不易經常更新，又在人氣不夠無法相互激勵情況下，個人必須如何持之以恆……云云。

如今二十年前課堂上的議題各自都發展了更大的市場空間，花錢買汗水去健身、塑身、減壓，成為時尚的必要，很多形式的變遷，生活必要的資源不必全然由勞動換得，於是汗水原來的代價間接轉成其他更高的附加價值和意義，或自信、或耐力、或放鬆……

　　而我在專注水晶玻璃脫蠟鑄造法的創作和玻璃教育的推廣後，少再面對高溫的吹製工作，卻為高密度膽固醇指數，持續行走流汗。

41℃的祭典

泡湯越來越風行，尤其冬季，把寒氣逼走，精神振奮，不再瑟縮，的確鼓舞，而最實際與吸引人的説法，當然就是溫泉中的礦物質和它能促進血液循環，有養顏美容和抗老健身的功能。然而從山上泉源接管導引的天然溫泉也就罷了，現在有從地底數百米鑽探的，更有藥粉沖泡的……反正冬天要泡夏天也去，於是各地溫泉會員俱樂部、會所櫛比鱗次，內容五花八門瘋似的。

對我泡湯確實帶來一份儀式般的殊勝，這是跳脫煩瑣人群、無解思索和緊湊工作的真空片刻；褪下所有衣物無牽無掛，走在樸質材質作工細膩、照明溫柔勻稱、規劃精練大方、陳設簡單清雅的空間，肉身意識開始進入慎重典禮的程序和身心昇華的步驟。簡單沖洗的心情預備後，走入暗灰色花崗石砌成的池子，蹲身緩緩進入溫泉，41℃炙熱的侵襲，不禁「啊」——長呼一口氣，一方面是生理自然來平衡這巨大的溫度變化，一方面也是對神聖儀式深嘆的接納符號。水的承載如釋重負，少了承擔和束縛，心無旁騖——「啊」多幸福，這可貴的自然洗禮。

露出液面的頭，在氤氳瀰漫的水霧中早就空洞，高溫下些微的動作都會帶來肌膚的刺痛，於是靜靜地在逐漸高升的心跳激動下放縱溫度的滲透。淡淡的硫磺味下，時而直覺反射式地背誦三遍大悲咒，喃喃地心跳平靜，通體脹熱燃燒，超凡脫俗，額頭滲汗；起身沖水，進入烤箱，乾燥的高溫空間是另類放大開闊的蒸發，不久即以不停滴落的汗水平衡這失調的情境，此時油滑肌膚的肉感和虛脱帶出了這儀式的最高潮，失控的體力就在最後的沖洗又重回充滿生機的人味。

我時而趁展覽之機也逐泉而泡，但無論諸如在輕井澤明治溫泉的山間野趣，岐阜高山露天風呂的純真遼闊，德島AXIV渡假中心八樓溫泉海天一色的時尚禪味，淡路島山坡上花瓣主題的嬌豔芬芳，箱根湖邊的深遠寧靜，還是東京目白四季飯店檜木池子的世故考究，福岡一室多樣人工池子的形形色色……似乎都不及這離家五分鐘山上會所所能帶出天、地、人境界分明的層次感受，一方面少了一開始那簡單卻漸入佳境的前奏過程，另一方面40℃不痛不癢的日本溫控，少了份令人就範的霸道。

40分鐘後，走出儀式，結束這每個月難得兩三次的福分，驅車下山開始進入煩雜的疲憊。

品味一鞋

級任老師又要合照，這種情況我不安地開始由鞋打量。

有人說，打量一個人要從鞋開始。雖然那不是自己的準則，但也曾經在鞋上，琢磨良久。

以前買新鞋，套上鞋子，腳頂向前頭，媽媽一定會將手指伸進腳後跟，作為尺寸的判斷，有一指幅的多餘空間是標準的。一方面留出適應新鞋的空間；一方面期待穿上大半年。又為了防止磨損，鞋底常做多加一層橡膠底等等的預備工夫。

到鞋店修鞋，鞋匠就在橡皮墊上乾乾淨淨切割著鞋型，刀功令人嘆為觀止，鬼斧神工般，俐落、漂亮！每次只要看見那樣的刀法，就會讓人信賴一雙鞋的價值。時而也在鞋底釘上鞋釘，一方面保護鞋底，一方面走起路來抬頭挺胸，像一列大兵走過，鏗鏗鏘鏘，偶爾踢出火花。

是迷信或是常理，穿新鞋出門，一是必定會碰上下雨天，另一是必定會磨出大水泡。

十五、六歲，世界狂吹嬉皮風，從觀念到態度；從髮型到服飾，一種樸實的解放和追求的流行，無孔不入。涼鞋是一種走向自然的形式，嬉皮風貌裡重要的道具；捷克BATA橡膠底涼鞋，在印尼有廠，造型簡單大方、柔軟耐用，是我當時的鍾愛，從小就穿BATA長大，夏天快到，寫給在印尼的老舅信上，一邊談論照相的攝影技術問題；一邊畫上腳型，就麻煩他按圖張羅穿起來模樣邋遢的涼鞋。

在台灣其實並不適合穿馬靴，偏偏唱片封套、電影裡的偶像流行著馬靴裝扮，我和L等同學，著了迷到廈門街訂做馬靴，當時能擁有一雙馬靴，好像就擁有全世界一樣，是非常寶貝的東西，有的同學耍帥，夏天的時候還穿著炫耀，豔陽高照不時亮出穿馬靴的酷勁！

比起馬靴的叛逆帥勁，表達年少的語言；女鞋的高跟鞋聲，似乎也說出人的渴望。

我記得小學五、六年級時，放學後總要留在教室補習，雖然那時已不討厭做功課，但是還是希望可以早一點回家；每次只要老師走過教室的長廊，發出高跟鞋般匡匡噹噹的急促聲響，同學們就會彼此會心地互相對望竊笑，因為我們知道老師今晚一定和男朋友要約會了，果然等老師一進教室，印象非常深刻，她穿著一雙色澤鮮紅的高跟鞋和一身光鮮的約會打扮。教室同學窸窸窣窣小聲說著：今天可以提早下課回家囉……於是老師簡單地交代作業，就放人了。

永遠不會忘記，快樂的高跟鞋，在教室外的長廊所盪出的美妙回聲。

雖然男鞋的型式、顏色變化，沒有女鞋的流行變換來得令人眼花撩亂，但是自己對於尺寸一直迷惘與困惑，往往見到一雙設計好質感佳的鞋子，即使尺寸大一點，或是小一點，只要腳進得去，就帶回家了。深紫色、深藍色、深咖啡色、咖啡色、黑色等等讓人無法拒絕，然而平日經常會穿的大概也就是那幾雙鞋，不知不覺在風潮中趕著流行，慢一點來不及穿就變成藝術品，而束之高閣。

如果真要從鞋來「打量」一個人，應該是我小時候做的事。每回只要被大人推到陌生人面前品頭論足時，陌生人親切地摸摸你的頭、摸摸你的臉頰，總是縮身低頭老大不願意，露出一雙不安眼睛打量人。

在仔細看著面前的陌生人，是否將會為自己帶來什麼樣的挫折感或壓力前，眼睛先盯上了對方的鞋，由鞋猜測人的感覺，一雙新鞋或舊鞋、一雙慎重或輕率的鞋、親切或高傲的人。然後目光緩緩向上移動去證實。在不知如何自處下，透露了我年少害羞的神色。

品味血拚

品味是人對真善美賞析的一種修為，並體現在生活方方面面的舉止實踐上，近來這對人正面的說法越來越趨向以視覺上掌握的能耐來評論高低，如此窄化了此議題，反而變得展露和操弄起來簡單而清楚，於是最外顯的服飾成了所有苦心積慮的焦點，而品味也成了花錢的鳥事，並且錢花得越多品味越深厚，信心也藉此番體面有風味的外表而鞏固。

品牌風格、品質的商業美學承諾和其鋪天蓋地的廣告強勢，完全主導了品味的準則和方向，追求流行就成了共識，而面對標價日益高漲的名牌，你的品味渴望會焦慮的，幸而商業生態讓流行不能休息，嘗鮮期很短，上季帶領風騷的新貨倒成了早來的庫存，統統都來到了outlet，再做待價而沽的清倉銷售，你也知道，未必要同步，但要保持與流行適度的距離，一季是不會太遠的。

距紐約一小時車程的Woodbury Common就是名聞遐邇的outlet，佔地遼闊，而賣場面積有72000平方米、5800個停車位、220種著名品牌，帶著郊區遊樂場風味的低矮商店街親切可愛，二～三折的價格，讓四面八方蜂擁而至，每人擁抱品味的迫切意圖在這裡如洩洪般的洶湧和痛快，不用三小時後車廂就塞爆了立刻又要氾濫至後座，而平易近人的陳列，沒有第五街旗艦店井然莊嚴矯揉做作的神聖，你像跳蹦的水花，隨意飛濺，東翻西挖，當然最重要是沒有價格上掙扎的自在，在一陣血拚後，品味又可以上升了3至5倍；如此不亦快哉反映在每張興奮而忙碌的臉上。

東京近郊的輕井澤、台北內湖、世界各地的outlet天天都可以看到為提升外表質感而血拚的人群，如果你說這只是膚淺唾手可得的品味，那也未必，這番大肆採購並不是瞎拼的，都是東挑西選、態度嚴謹、出手小心，在如此陣仗中，何止貨比三家，這是最血淋淋殘忍的戰場，品牌的堅持、要求，仍是第二輪對峙的決勝武器，人們也在目光和手感的咀嚼消化中，有了眼界有了行情，更多積澱更多準則，雖少了鈔票，卻多了品味。

品味一眼鏡

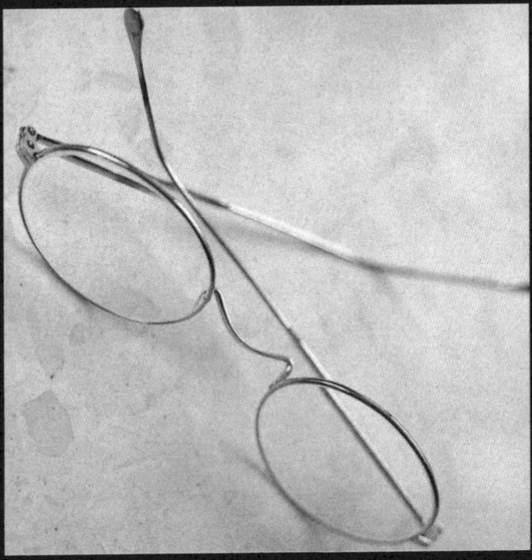

與一個戴著比較具特殊形式眼鏡的人交談，
談著談著，我失了神，只看到了那人的眼鏡，
彷彿又看到一位尋找自己的人，
想用周遭身旁事物，建構不一樣的我，
而嘗試從眼鏡解讀這個「我」，
是什麼模樣的心情？

打球，籃框不覺得模糊，但教室黑板早就失焦了一段時間，高三我不得不戴上眼鏡，想到銀幕上那些老是掛副眼鏡不中用的文弱書生，就覺得自己不健康了。

戴上眼鏡，焦對上了世界多了許多光彩，景物都被雕鑿得對比晶瑩、層次分明，雖然鼻樑有了額外重量的負擔和鏡框朦朧陰影不安的籠罩，但重溫淡忘而有些陌生的光明記憶，再度讓人明朗。

商務出版了一本英國人撰寫關於眼鏡的歷史和發展沿革的書，從十六世紀談到二十世紀，在作家眼中眼鏡這樣的物件美感已經是一種哲學思考，而不是一單純的視覺校正治療，也就是說視覺的清晰度是一回事，戴上眼鏡所營造出來的刻意疏離淡漠、間接迂迴的情境，才是最令人玩物喪志的。

現在的五十幾副眼鏡，是上輩子幹的事了，有五分之四是不戴的。

前年到東京展覽，好奇心的驅使慕名去了一家由店家幫你挑，不由你選擇的眼鏡店，店主瞄了我一眼，然後煞有其事地低頭在櫥窗開始搜尋，我冷眼旁觀這葫蘆裡的鬮子，不到兩分鐘，將比利時Theo的深褐色眼鏡掛到我臉上——「就是它」，並點頭自我肯定，鏡中我完全變了一個人；無論適應不適應，就它那刻意左右些微不對稱的細節設計，我立即反應「就是它了」。

一陣子後，由於對焦而被鎖定的眼球活動呆滯死板，但眼鏡卻替代了眼睛做了些表情，也體現著靈魂的情緒，於是當休閒時我佩戴鍍鉻細邊橢圓的Armani，它有些飄逸、優遊、無所事事，當要做嚴肅而專業的講演，我換上丹麥鋁製Titanium，為內容妝點些理性邏輯氛圍，但多半戴著無框日本Haruka鈦金屬這只，輕鬆、放空、通透……一如琉園海報上的樣子。

總之，有了眼鏡，表情不必努力做，但焦點要清楚，功能之外，眼鏡與其說是一種時髦流行產物，還不如說是一種一時對自我定位的追求，那是絕對最容易漏底的偽裝。

嘴上誠意

我們常表達自己是出自一片誠意的在處理彼此無論是交道或交易的事宜，誠意有著不計得失的豪爽和不斤斤計較的俐落，期待別人因而全然地接納。

誠意是對人對事一種自我負責也同時尊重他人的態度，是古典的社會中的普世價值規範，它是以自我透明不留猜忌餘地的表白來取得信任和認同，以完成互動上的主導優勢，世風日下，當這種意識越來越薄弱時，反而掛在嘴上就越來越頻繁。

其實這個美德是有效的商業功能，很輕易地由利他的設想改變為利己的收成，行銷上的說法就是完成你的承諾；大凡做買賣、交朋友，搞創作、弄生產，這是要精確落實的專業倫理，基於這個精神，你的作法就會一絲不苟，節奏就會按部就班，以高度的自律完成每個細節無可挑剔的最高要求，於是交朋友看到了周延的關懷，做買賣看到了物超所值的呈現，搞創作看到了刻骨銘心的突破，弄生產看到了精益求精的完美，於是必然生意有繁盛的營收，交情有溫馨的熱誠，創作有深切的陳述，作品有溫潤的質感。

也因誠意佔了如此現成不敗的道理，既心安理得也胸有成竹，而變得慢吞吞，它咬緊了這個簡單的方向，徹底實踐。

二〇〇五年四月份我又回到久違了的京都，除了日式美食，極盡唐風古建築的莊嚴氣度和華麗豐美，自然也要再品賞思古一番；只見烏丸道正進行修葺的東本願寺，為一巨大的鋼骨鷹架密實包圍，整個結構貼著偌大寺院建物搭建，從寺院周邊灌鑄的水泥地基高聳上升，直通壯觀的屋頂並橫蓋其上，最外罩上安全網，除了鋼架內設有電梯外尚有上下樓層間的樓梯和空中廊道，以便維修時搬運和操作，這僅外觀的修護，即以如此審慎莊重的陣仗進行，再從公告欄上所示，此工程將進行十年，一九九八年開工，二〇〇八年竣工，你突然體悟誠意是怎麼回事了。

難怪如今大家知其難為而不為了，誠意是用時光評量，用細節詮釋的東西，速戰速決急切的生活態度；我們沒有了時間，自然也不重視細節的親切美感，次日我到奈良，在唐招提寺又看到這般正經八百的莊嚴劇碼上演——更慎重其事的鷹架和另一個十年。

無盡熱切的斟酌

酒讓人溫暖、放肆，是年輕的情緒裡可依賴的催化劑。從不在寂寞的時候獨飲，也少在陌生人中乾杯，卻常斟酌在三五老友的眾樂喧嘩中，一口一口吞吐著重複含混的話語，意識清晰而態度熱情，在沖天酒氣中嗅著濃重沉積的交情，並不斷和往事乾杯。而現在常旅行，從登機開始要酒，急切要它帶來一些下一秒的想像。

以前看父親每餐幾乎都備有一杯酒，他慢慢淺酌，在少年男子的禁忌裡，看到對成長的期盼，那種成熟而自主的表徵。高中畢業家裡常有姊夫帶來的一些菲律賓小瓶裝啤酒，十七、八歲偶爾每餐飯便學著父親，擺上一小瓶啤酒，就以最莊重的心情一口一口地嘗著成年的滋味。

入伍當兵前，首次喝下難忘的米酒，東部海岸小村莊夾纏海風、月光、歡愉，在原住民嘶喊的歌聲與奮力慶豐的踏實舞步，一口米酒一口醃肉，有節奏有熱情地感受，酒精在彼此牽纏粗壯濕潤的手掌間流動，一起馳騁、飛舞苦澀與清涼，首次感到氣壯山河、千杯不醉的海量。

之後，氣魄、乾脆，讓軍中的喝酒經驗，依了江湖的豪邁標準累積著，隨那一碗一碗的酒，遊走在天南地北，來自四面八方弟兄們的人生閱歷間，外島的袍澤之情，藉酒更融洽。讓我有更多機會深入窺視，隊裡三百六十行的酸甜苦辣，雖然時常必須在迷茫的醉意中去撫摸那認真的陳述。

不分青、紅、皂、白，年份品牌只要說得過去，現在在乎酒酣耳熱的溫度，老朋友間的濃情酒意，讓講話的節奏與內容在神經遲緩行進、熱切！

近來，喜歡和家人小酌一番，酒精、親情的捆綁別是風味，一份家長身分所喝出的溫馨和珍惜，讓我驚覺其中心態、生態老化的現實，難怪酒量越來越差了。

非辣不可

小時候，辣是唯一的快感，回台灣常是一碗陽春麵倒上半罐辣醬而欲罷不能，這肉體的享受，漸漸為中華儒雅的文明所規範而收斂。

台北樂利路，隱身於高級住宅群中，有個不甚起眼的印尼館子，道地印尼風味的料理，常辣出兒時所有天真回憶，它交雜了香料、椰汁、醬油、糖的辛辣，解放了例行辦公的枯燥和經營的壓力……美娜多的藍天、海風浪潮、無邊無際的椰子樹，隨著每口的咀嚼，冉冉上升無憂的開闊，而飄出了都市的框界。

都會的焦躁莫過於趕飛機，這從出家門趕路開始，何時出發？早到2小時還是1小時？莫名的不安，四面湧現，準時原是點的概念，check in卻常是線的暗示和現實，兩者的不協調於是又有辣的需求。

上海多處的剁椒魚頭，穩定了這心裡的片刻失衡，整塊淺白的魚頭，襯出鮮紅辣椒的厚實氣勢，量體與細節對應，美極了；一口裡，半嘴咀嚼著池塘泥土的大地深沉，實實在在，半嘴咬出鮮嫩野性的田野朝氣，而神經不時被拉緊警戒，收放間，汗水泉湧，淋漓盡致，身心又穩定回到工作情緒中。

東京，一個有條不紊的城市，理性無機，過客心中唯一的人性似乎只有芥末和生魚片了，蘿蔔絲、紫蘇、醬油，為這儀式妝點更極簡的色彩，必須豪邁的大口來吞下整個城市禁慾的蒼白來塞滿異鄉陌生不安的空洞懸念，而辛辣直衝腦門，似乎過不了鼻腔，屏息、靜觀待變，總是不失所望，霎時任督二脈暢通，精神一振，神妙地穿上禪境的舒放和東洋的色彩，而席地而坐也有了入境隨俗作客的悠閒和奢華。

辣從味覺、肉體走入了情緒的敏感和心靈的遐想，於是吃辣成為我失調的偏方。

品味一咖啡

熱壺熱水煮出咖啡的昏黃溫暖，
熱煙輕颺，加上一瓢煉乳，慢慢品嘗，
而且最重要的是，一杯就夠了！
因為，不再續杯的咖啡，才夠香。

小時候家鄉的午茶時間，有著黃金般的記憶。

下午三、四點光景，爐上琺瑯壺呼嚕呼嚕噴出熱煙，壺裡燜炒搗碎的咖啡豆，慢慢散出濃濃的咖啡香，母親手製的小點心或餅乾，或烤麵包。我們習慣將烤得焦黑麵包的第一表面用利刀刮去，再塗上厚厚的牛油，然後撒上粗粒的砂糖。

此時壺裡的咖啡已經一杯一杯倒進搪瓷杯裡，沒有濾瀝的咖啡，倒進杯子裡一半是琥珀色的咖啡、一半是沉澱的咖啡渣，喝一口配上有點焦脆潤口又香甜的麵包，再咀嚼，喉嚨裡殘留苦苦的咖啡渣，真是人間絕配……家人盡可能都會在那個接近黃昏光景的午茶時間聚在一起，不久金黃色的夕陽由側門射入。

有時喝完家裡的，由後門跑到隔壁鄰居的咖啡店裡，那是簡單的窄小空間，但是往往擠滿了喝午茶的人，大部分是四、五十歲的華僑，平常時間門可羅雀，但是一到午茶時間更人聲鼎沸，非常熱鬧，而咖啡香濃烈撲熱瀰漫著。

是鄰居也是同鄉的咖啡店老闆，見到我這小鬼，空閒時，偶爾也會喚住我安頓落坐在人群中，然後送上一杯咖啡和兩片麵包，在這簡陋吵雜的場所，我看著四周桌上，從每個杯口翻騰的熱氣和香味，呼應著每張口沫橫飛的神情，我興奮地沉迷在這一屋子熱切的氣氛中，就像嚼著麵包上晶瑩的砂糖甜味一般，讓人感受層層擁簇。

有一回在日本淡路島安置作品「浴火鳳凰」後，鈴木洋樹先生的助理帶我到當地相當著名的一家咖啡店，外頭排滿等著喝咖啡的人，屋內的原木桌椅尺寸狹小，每個人匆匆忙忙喝完就走，喝咖啡真是生理的必需，不是每日隆重的儀式，慢條斯理。

但是我又看到東京白丹寺車站附近的咖啡店，掛滿了無數咖啡杯的壁面，吧台放著幾本寫著關於咖啡苦澀哲學的書，慎重的像面對執法一般，而老闆憑客人的衣飾、面貌感覺，決定用哪只咖啡杯伺候。讓我想到嗜咖啡的一個朋友，經長期研究煮咖啡的溫度後，他告訴我：80℃可以煮出最棒的咖啡，多一度少一度都不行。

當喝咖啡的作業與要求變得專業而標準化時，我還是鍾情於兒時爐上的琺瑯壺，用木柴燒開的咖啡香和帶點酸味的隨性作法。住在永和時，父親喝咖啡一向講究，於是常坐車到文林北路上有家南美咖啡買現磨的咖啡豆，熱壺熱水煮出咖啡的昏黃溫暖，熱煙輕颺，加上一瓢煉乳，慢慢品嘗，而且最重要的是，一杯就夠了！

因為，不再續杯的咖啡，才夠香。

參 | Creation | 創造

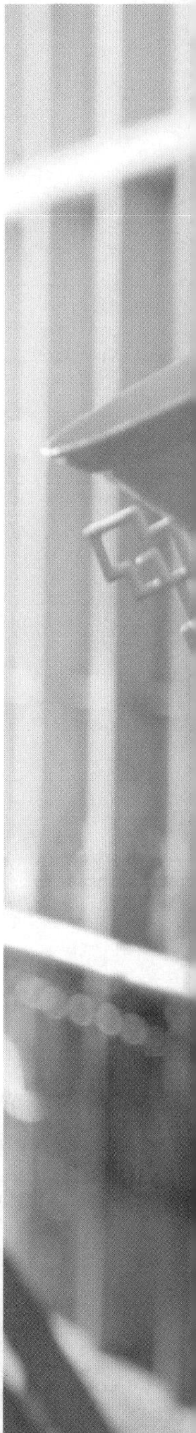

手的情緒低調沉穩，
它們深信巧奪天工的傳統價值，
這些將以瓷土真實面目現身的作品，
都將依賴長年學會分寸的巧手，
修出在新時空物件的新站相。

低調奢華，以其冷靜、淡雅的形式和質感，細膩、周延的思路和手段，穩住了時代多采多姿失序躍動的慾望。

手工藝講究的是明察秋毫的細節關照，一絲不苟的態度要在生產線上保持有始有終的高度緊繃。這是集體的工作倫理，需要每個人的專注來支持生產線上的尊嚴。

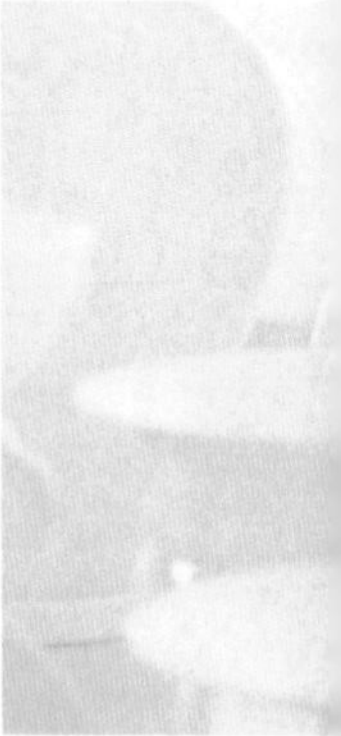

伸出你的雙手

人靠著雙手生活勞動、表達情感、完成目的。無論是什麼行業，我們都追隨祖祖輩輩的模式，是利用雙手實現夢想也罷、延續生命也罷，這是人類自盤古開天以來的經驗和記憶，那是曾經為生存面對自然環境搏鬥的不安、孤獨、自信和快樂，這些情感和挑戰基因都深埋在手心掌內。隨著文明的進步，這些已深埋潛意識裡的體認，不時伺機再藉雙手伸向另一種深刻的生存意識，並快樂地完成自我的實現。

十九世紀末二十世紀初由William Morris等人所帶動的工藝革命Crafts Movement，倡導因人而異的美感需求、因人而異的性格滿足，顛覆十八世紀工業革命以來大量機械生產、千篇一律低廉的工業意識和產品。工藝家、藝術家、建築師……在不同領域掀起少量、獨特、有機、手工打造、以自然為師的新藝術風格（ART

NOUVEAU）。

三十年後，人類再度面對工業模式的單調與一視同仁的不耐，ART DECO登場，接著六〇年代的工作室玻璃運動Studio Glass Movement，再度用雙手經營出一片全新幻化瑰麗的晶瑩世界，每三十、四十年的風起雲湧，不斷以雙手延續人類祖先積極的戰鬥意識，而走入全新的陌生境地。從生存機會到生命價值，「手」，站在第一線實踐一次又一次的革命，如此及時開創，但隨即隱退遺忘。

學習時，透過手的觸感及操作，讓我們的小腦記憶遊戲規則的拿捏分寸，讓大腦整理經驗裡屬於物理、化學成分的參數，以便分類、累積。手，帶動及驗證所有情感、學習和思考的哲理；而在創作時，手實現我們胸臆中所有想像、幻影和創作企圖。

雙手向外是現存世界的開創者，向內是肉體記憶和知覺研判的觸角。

手是不安於室的，時間到了，對某些一成不變的反動，必然又驚天動地來那麼一下風騷，風騷得那麼深沉。似乎不是為了證明雙手萬能，只是潛伏在生存意識裡的革新基因作祟。

我極愛需要大量勞動的傳統工藝，不僅享受冗長流程儀式般的細節變化和專注氣氛，那是對材料的領悟和技藝的掌握所做的美妙自信展演，更重要是其中有來自雙手的信心和企圖，當然也有來自雙手的失望和退卻。

記得第一天上吹製玻璃的課，看完老師輕鬆自在的示範後，無中生有出天人般的絕美。所有同學都躍躍欲試，但對自己的處女秀多少有些緊張，在一上一下的起伏中，室外雪已積了21呎高，每個人的熱切情緒都上紅了臉，而對三公尺外白熾坩堝爐的高熱。我拚命說服自己「人生而平等」，老師的耐熱程度絕對和我一般，他能夠在1300℃的爐口從容地挑玻璃膏，相信其實那並不熱的。

我帶了決心，堅毅又孤寂，千里迢迢而來。在沒有任何警示下，我也提起了吹桿如法炮製一番，霎時，電擊的震撼穿透全身，「噢，老天！」帶著驚嚇、洩氣、痛苦的聲音，幾乎同時來自我絕望的心底和一旁同時間正在挑料的同學口中。分寸、要領就在那一份微妙的拿捏，我們的陌生雙手不明就裡地迎向噴出瓦斯火焰的爐口，僅十公分距離，左手瞬間一陣刺痛，鼻腔傳來焦味，讓你的心跌到谷底，還要不要學？

手的痛楚告訴你，你是無法每天這樣忍受的，人是無法耐受如此高溫的。接著還要對付柔軟似水的玻璃，為免它往下滴落，通常你必須轉動吹管，以便保持桿頭玻璃膏的平衡以免走樣變形。對初學者來說，掌握這個節奏通常是不容易的，因不熟悉不得要領，在狼狽中你聽到老師的嘶吼：keeping turning！心是嘔的，拿著發燙的吹管回到馬椅坐下後，韻律感的失控仍持續的令人心慌手亂，而來自修形用的濕報紙上燃燒飛舞的火花，燙得右手肘處處水泡，我永遠忘不了看著吹桿頭上不成樣的玻璃，心中湧起念頭：回家吧！真的，徹底被打敗。

但一星期後，熟練了，為玻璃的特質感動，也為雙手的掌握興奮。在和小腦的連線上，以及大腦的心理建設，它們完成了第一類學習。每次勞作的學習，都是直覺和理性藉著雙手交互的摸索完成，時間投入所建立的熟練度，使創作的雙手已是期待而非焦慮，雙手是客觀的主動，而非隨「玻」逐流的被動，雙手是思維不是試探，雙手是情緒而起了自在。於是開始享受一氣呵成，流暢的動感氣氛和為了生存而戰鬥一般高昂。

八方新氣的瓷器則是另類屏息靜氣，小心翼翼的作業，相對吹玻璃的使力，此時雙手採取無為而治的態度，不去驚動泥胚脆弱不可回復的特性，柔順地沿著簡潔的線條造型修飾，在莊嚴中慢慢達到永久的堅實；手的情緒低調沉穩，它們深信巧奪天工的傳統價值，這些將以瓷土真實面目現身的作品，都將依賴這些長年學會分寸的巧手，修出在新時空物件的新站相。

伸出雙手，看著它重蹈人類演進歷程中一再重複實踐原始模式的開創經驗和挑戰意志，對創造，不禁要問，在不停創造共鳴和感動時，有多少是先知先覺的？

光陰似箭

原以為時間只是衡量心理真誠和生理衰老的標尺，所謂日久見人心、路遙知馬力，只要做事待人問心無愧、懇切周延，對時間也只有無可奈何，任其荏苒，哪知由於工作的因素，這些年時間竟然如此令人坐立難安並計較起來。

在玻璃的製作過程中，時間的拿捏竟然變得要如此敏感和精準的把握，照理說所有有關創作的事情，時間的觀念和要求是最模糊而鬆散的，時間只是情緒起落、體能衰退、進度脱節和專注失焦等的意識吧。

比如吹玻璃，精準的時間掌握是絕對要求的而且分秒必爭，從高溫的爐子取出的玻璃膏，溫度在爐外頓時急遽下降，玻璃立即展現該有的物理變化，逐漸強硬，如果兩分鐘內你不能乘機即刻地分配執行於不同時段採取該有的互動，那麼你就失去掌握它的機會，立即就要面對硬邦邦的玻璃，這時你得提著沉重的吹管重新伸入瓦斯爐裡烘烤加熱，使之柔軟，再繼續作業。這時發生無謂的消耗，要怪只怪學藝不精，功夫尚未到家，無法掌握時機，而其結果只是如此周而復始的惡性循環，時間歸零、體力衰耗、情緒低落，如此的消耗時光，功夫手藝決定時間的法則。

又如拿玻璃的鑄造來說，未進爐前所有進行的工作，原型、翻模、灌蠟、修蠟的確可以隨心所欲、慢條斯理、細細琢磨，也可以大刀闊斧，隨性寫意，但是一旦進爐，精確徐冷的時間控制則就馬虎不得，由造型不同的大小、厚薄，決定溫度下降的速率，也顯示向來不考量時間因素的創作過程，如今竟然變得令人神經緊張。在此尺寸造型決定時間的運行法則。

一個是眼明手快，以多年磨練出來的身手，從容而俐落地呼應高溫玻璃膏液的流動，每個落在吹管玻璃膏液上的動作，不多不少、不長不短，時而顛三倒四、時而聲東擊西，有步驟、有秩序地捏、掐、拉、喬而逐漸成形，一匹抬頭挺胸的駿馬就如此在兩分鐘內由柔弱似水一團熔融的火球，轉成英姿昂然的結實神氣。這是慕拉諾的故事和畫面，數十年的學習鍛鍊摸索，換來此刻不容一絲失誤的熟練，在觀光客讚嘆之餘，師傅神情閃現一絲自在和兩分鐘絕對主導的滿足，兩分鐘他訴說了幾十年的真誠磨練，鍛鍊掌握了時間。

一個是不厭其煩，以多年的嘗試摸索的經驗，耐心而本分地順應玻璃應力緩慢而固執的釋放節奏；均溫的要求是玻璃製成過程中絕對的要素，就這個延展性不良，導熱性不佳的材質而言，因升溫高熱所積存於玻璃作品內部的能量，如果於降溫過程中無法精確平和地予以紓解，則將引起內部不平衡的巨大應力，結果你的作品肝腸寸斷，支離破碎。

對大作品退火徐冷的精準，絕不容寬貸馬虎，從零散不成形狀的水晶玻璃塊，熔合燒鑄成一尊完美莊嚴歡喜的千手觀音「無邊」，得事先將度數和秒數平行而理性地寫上數字比例的降溫和流逝的消耗關係，除去進爐前冗長繁瑣的準備工作近四星期的爐內燒鑄程序，全只是兩分鐘於溫度控制器將以上的指令設定，其所根據的只是經驗和意念不停地追蹤跟隨，前期是面對面眼到手到百分之百掌控的前置作業，在最緊要關頭，置入爐內，鎖上門，開始進入懸念不明自生自滅的執行型態，只有上帝知道怎麼回事兒。

和作品曾經彼此面對面，無數次的等待和挫敗，累積了溫度和速度的比例經驗，和前無古人面對高難度挑戰的勇氣，於四年間才完成了四件作品。這是關渡琉園的故事，兩分鐘卻只證實了二十年的執著，停停走走，在無法達到100％的成功率時，時間依然是意志裡的謎，客觀而不可捉摸。

再說瓷器吧！灌土時倒出泥漿的時機就考究了，這埋在肢體內的時間刻度，必須懂得判讀，吹玻璃還有地心引力的線索，可解讀玻璃柔軟的程度，以便決斷下一步的操作；那麼什麼時候該將注滿石膏模內的泥漿倒出？由於不容易觀察，早了泥胚胚體將太單薄，晚了又會太厚重，小作品的泥漿重量要掌握在±５g的誤差，實在不容易，以作業時間長短來算那是５％的誤差，而且使用後石膏模乾濕又不同，每次標準都在改變，再則倒出泥漿後，什麼時間拆模取出土胚？由於造型特殊，早拆土胚於操作過程太軟而變形，晚拆石膏吸乾了水分的胚體容易產生龜裂，時間主控每個時段材質的變化，手工藝一向以直覺和經驗來決定時間的定義，它是客觀的！

到了整形，時間研判有了泥胚上色澤的依據，但整個流程節奏的準確是不能有閃失的，而前後不在同時拆出的泥胚附件更要掌握、保持彼此的同一乾濕程度。這是八方新氣由於設計的特色和精緻的品質，造成對時間的掌控只是曖昧而難以描述的記憶和感覺，卻謹記某些如今只有1%成功率的作品那份海枯石爛的氣氛。

我也因此對快與慢，開始與結束等的時間概念有不同的體會。如此小題大作其實是帶著無奈的認命，面對材料不變的物理特性，彼此相處，真誠是唯一的路，但設計創意所衍生造型、細節的不同，又成了打破彼此積累默契的變數。創新的常是精神的解脫，卻又落入時間的束縛；光陰似箭，靈魂深處永遠的威脅。

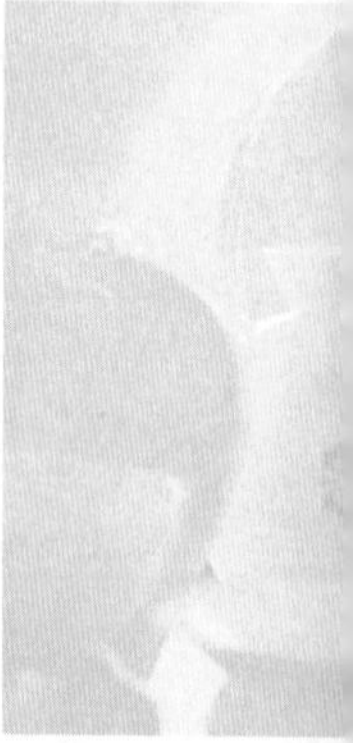

説白

對白的關注始於泡溫泉以及多年前和西班牙瓷器品牌LLADRO進行合作談判的因緣而有所體認。

每當卸下身上衣物，鑽進熱泉，頓時進入腦袋空洞的境地，攤開放鬆的身體，迎接池水輕柔的浮力，精神就在失重下不再戒備，而高溫強制的逼迫，讓世間的瓜葛、內心的牽絆一一決裂，而排擠出體外，工作、情緒……等拉扯徹底解套、脫鉤，沒有念頭，沒有壓力，體悟了所謂的當下。

此時，空空如也，闔上眼睛，感受放空的自在與空無的純然；它是無邊無際的籠罩，瀰漫著混沌的真氣，意識有如其中懸浮的粒子，遊走於沒有稜角、處處均質的搜尋，沒有阻力沒有回應，它正是那整個密實而鬆軟的空間整體，不必游移，全然佔據。

在戶外陽光下，這空無就是白的，一如翻開筆記簿落筆前，紙面無瑕，那份遼闊、不染的全然表露，有著任人隨意揮灑的放任，白是自由自在、無拘無束、善良無害。一九九九年LLADRO透過當年的勤業會計師事務所的安排和琉園洽商合作事宜，而進行了一年半內部財務等流程和管理的審查工作，之後，他們來自香港的英國律師說了這是少數他們遇到帳目清楚而透明的公司。

當時琉園正思考櫃點形象提升改善的議題，之前，剛完成以我突發靈感所訂定的tittot英文命名，它來自中文剔透發聲的名稱，除了傳達品牌的文化根源外，當然就是表現品牌在這事業的追求和特性，剔透是來自「晶瑩剔透」、「玲瓏剔透」那份完美、親切、極致，令人愛不釋手的歡喜情感，極致是作品工藝和創意所追求標準，把不好的剔除，所謂的去蕪存菁，最後務必是完美的呈現；另外，透是透光，它是玻璃最大的特色，它和光的互動千變萬化，無可替代，正好是產業的特有屬性。

於是將光明磊落、「清楚透明」管理財務的態度和一目了然的材質特性，作為櫃點規劃設計的理念，這一份坦然帶出以白色為基調，來掌握簡單的、自信的空間語彙，去除空間的戲劇效果或氣氛，純粹以作品的氣質和創意來取得共鳴的肯定。

這時的白是開誠佈公、時尚專業，是謙虛包容，沒有手段，它的專業是內斂的，以白退到背景，讓出空間，不喧賓奪主，不做作矯情，以樸實低調的姿態，拉出舞台的空間，留給所有的晶瑩繽紛和色彩。

前述的白釋放了自由的廣闊意象，了無牽掛，那是太極初始的純真，提供醞釀一切可能的契機，它吸納所有、它是主角。

後者的白揭開了真實的勇敢誠意，包容一切，這是時尚自信的清朗，呈現正直一目了然的雍容，它反映一切、它是配角。

說白了，八方新氣以人生應自由自在的探索生命的可能，以生活該自動自發的體驗愉悅的細節來設計，打造每件產品的特質，它們是理性的認知，也是感性的體驗，白色時尚和自信的意象，正好為如此的主張提供萬里晴空的無障礙空間，於是如此定色自己的時代風采。

白，揭開了真實的勇敢誠意，
包容一切，這是時尚自信的清朗，
呈現正直一目了然的雍容，
它反應一切。

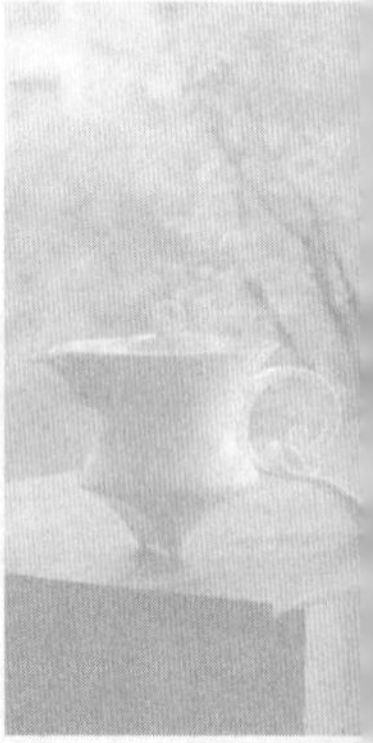

站相

站相是生活也是時代的必要和尊嚴。

所謂「站有站相，坐有坐相」是從禮儀的觀點要求精神莊重的清醒狀態，同時美學上要求外在明朗簡潔的自在神情；這約定俗成逐漸衍生為生活上、文化上必要的制約和意識，它從內建構了族群的倫理共識，在外成為行為舉止上的一種美感規範。好站相被賦予擔當、誠懇和端莊等正面意象，進而有示範和傳承等社會的積極期待。

再次結合八方新氣探索、均衡和「氣」的創新理念，就當下社會、文化、政治等沿革和變遷，尋找時代形制的新風采所繳的作業，同時希望它們都是立足於嚴格工藝挑戰的基礎上，所完成瓷器形式上的革新。期許其精、氣、神是時代的格局和氣質，亦即就意象和質地上都能完成所謂的時尚感，以呼應歷朝歷代總有屬於自己形制上風格特有與工藝創新的傳統。

好站相已有現在共認的標準：

大方——氣勢開闊，望之親切。以主動磊落的姿態，自然地帶動相容相惜的自在，也展現尊重的誠意和帥氣。

自信——氣質堅定，望之心安。以篤定安然的神情，從容地穩住慌亂不安的思緒，又充滿擔當的氣魄和骨氣。

優雅——氣宇典雅，望之尊貴。以豐富細膩的儀表，雍容地鋪陳卓越得體的華麗，並呈現端莊的儒雅和靈氣。

不僅表相，好站相是後天覺悟與認同後，再經過由裡到外鍛鍊而成就的，因此得之不易。在製作過程，首先要面對濕軟泥胚變形的整形階段，此時線和面的精準俐落十分難以掌握，稍有不慎或是破壞了泥胚表面細膩的肌理或是形成無法彌補的裂紋，也就是說作品從泥胚就將失去自信的氣質和高雅的風範；漸漸地泥胚變得乾

創意僅是先天意念的皮相期待，
只有藉後天專業巧手
溫柔專注的扶持和烈火強勢斷然的焠煉，
才能成就好站相絕對脫胎換骨、
內外一致的神情意志，
而達到素肌玉骨的最高境界。

燥，不再有變形的問題，但胚的結構卻是鬆散的，稍有雛形的胚體一碰撞立即斷裂坍塌，即使辛苦整好形後，依然難以搬動上窯。

而此時最大的修練和考驗才開始，點上窯火，期許它將蒸發所有不良的習性而挺起莊重的身形?!面對1280℃高溫乾胚瓷化過程的收縮和軟化的試煉，誰能安然通過不扭曲變形的挑戰而修得正果?從隨性敏感流動的泥漿開始，經克服瓷土原始先天脆弱的材性，到瓷化出堅實溫潤親切的質地，就是站相骨子裡的鍛鍊。

創意僅是先天意念的皮相期待，只有藉後天專業巧手溫柔專注的扶持和烈火強勢斷然的焠煉，才能成就好站相絕對脫胎換骨、內外一致的神情意志，而達到素肌玉骨的最高境界。

然而素燒不到10%的成功率，為何而站?!

曰：向下個尊嚴移動！

現代的時尚摸索

品味是種教養，是經過學習沉澱所養成對格調的感悟，進而展現在言行舉止的風格，或形成直探事物的美感能耐。這教養來自體驗的感悟、來自閱讀的反思，前者是感性肌膚神經的經驗累積，後者是知性文字詞彙的界定描述。

時尚是外在的展演，品味是內在的準則，前者是演員、後者是導演，只是這齣戲是自導自演罷了，一如導演有自己的風格喜好，這是來自他的人生經驗、個性特質和職業專長所建構而成。時尚沒有學習的問題，它是決定的問題，一如導演選角和指導演技一樣，在諸多NG鏡頭後，留下了那OK的契合點。品味決定了某個時期所認同的識別形式和人生態度。

藉由品味，我們確認了在時空中迅速游動的時尚，它將曖昧的愉快體驗具體而明朗化，使每個名牌的情節有個意識清楚的說法。嘗試用文字來敘述是最好的學習，眼前這張你所喜愛的桌子，當初是由哪種創意觀念所醞釀而生的？是哪些條件建構了你心動的原因？它們直通品牌精神的手法是哪些？哪些價值是你所認同的？能感受的幸福感是什麼？

由線條、材質、色彩、質感等形式和古典、前衛、極簡、折衷等意象所散發的美學信號，經過仔細咀嚼、整理描述，逐步形成具體且深刻的界定。很顯然，品味藉文字調養是比較容易的，閱讀是很重要的訓練，不僅是資訊的吸收，更是一段思索的鍛鍊。其中有文字美妙的欣賞，更有條理分明、循序漸進的敘述邏輯，諸多玄境也能了然。這些訓練能培養自己的探索習慣，它敦促走進更細節、更深沉的精進，讓人敏銳的自覺不斷地追求精湛的品味。

城市表態

商業的必要運作和創新的迫切需要，帶動了城市內外風貌不斷推陳出新的變化。簡單地說，這些變化多數還是在原有的基礎上力求新奇鮮明、美輪美奐的表現，這是由於真善美還是社會大眾多數肯定的普世價值，只是這個基礎標準隨著時代變化也在調整中。

當商業取得認同而成功後，就造成流行的風潮，某個時期的時代風尚也就形成。只是資訊的發達、商業的競爭、強勢的文宣，讓大眾的口味集中，而一波接一波的新品上架，讓流行變得短命。有趣的是，品牌雖然提供了相同的商品，但由於各地都市相異的人文景觀，其時尚的氛圍也大不相同。

東京

新興的時尚都會，整齊而嚴謹，大型的都市更新計畫，幾乎每隔五、六年便會隆重登場而驚豔世人。外型翻修或重建的小個案更是出奇制勝，創新思維、俐落造型、新穎建材，充分展現都市求變求新的活力。而東京整體所缺乏歷史質感和歲月痕跡的商業區，其時尚感是年輕的、幾何的、潔癖的；就購物而言，實在買不下手，一切都是如此井然有序，單調節制，輕盈地好似隨時變臉翻新，或許明天就是下一季。

紐約

四〇年代至六〇年代建構的摩天大樓，簇擁著無邊無際的國際時尚，高樓上是歷史滄桑沉穩的歲月鑿痕，格局恢宏、質感堅實，一、二樓底層的新穎光鮮是世俗媚態的各式時尚旗艦店，寸土寸金、各唱各調……相映出一路的急迫世故，和你死我活的競爭不安。紐約的時尚感是駁雜凌亂，街上川流不息的匆忙人群，店內虛張聲勢購物的遊客，氣氛實際而功利，即便覺得價格昂貴，但你也在亢奮中買得不手軟。

米蘭

莊嚴隆重的古典建物，高眺自信的時裝設計，黝黯瀟灑的拉丁神情，充滿嚴肅專業的自傲和慎重，讓新產品有著信譽和品質的雙重保證。這種深沉的時尚感，來自內外現代洗練和古典細節的對比，它散發考究的風格和嚴謹的品牌承諾，其慎重其事的氣氛，不買東西是有些罪過的。當然，這份物超所值的體驗常為過多的顧客所驚擾。

巴黎

優雅親切的都市風貌明亮可愛，諸多熟悉的特色讓此地的時尚是如此漫不經心，一如其許多時裝一樣平易近人。東西好像十年如一日永遠不變似的，這一季那一季不重要，它們不會讓你驚豔，你得慢慢品味才能有所收益，於是在如此自在下，店家也成了逛街瀏覽延續的部分，即便駐足良久，不買也沒有罪惡感。

香港

從旗艦店到商城櫃點，品牌形象錯綜複雜，品質意象撲朔迷離，時而貴族、時而平民。在此免稅的購物天堂，流行鋪天蓋地迎面而來，精品滿坑滿谷有如雜貨，時尚如此廉價，競爭如此激烈，以致精品購物不再是尊寵的體驗，而建物間綿密的廊道，讓人絕緣於其壯觀高聳天際線的歷史文化，僅深厚的品味才能理清這番氾濫的亂流。時尚不是形象的議題，而是死命購物的意識。

台北

我們的都市風貌，沒有一點章法，像隨意組合似的，語彙凌亂、建材斑斕，既沒有嚴陣以待的高調莊嚴，更沒有拒人千里的孤傲作態，房舍間偶爾穿插一些精緻的店鋪，或鐘錶店或麵包鋪，在不搭調中有著不設防的親切；而精品店內部同樣是品牌全球統一辨別系統的裝潢，販售同樣是這一季的精品，卻讓人覺得高貴不貴，買了絕對是撿了便宜，台北的時尚是最具世界同步意識的牽掛。

捉住流行、表現自己的時尚感，已經是現代人的功課。它讓你免於孤獨，因為你的選擇使你成為某個族群的一分子，這輕而易舉的自我定位，帶來人在時代不安洪流的一份歸屬感。風格，形成族群內的彼此認同，在品牌尊貴的光環下，大家既沾沾自喜又有份安全感，流行和品牌所帶來的是份免於失落的功德，是要記上一筆的。

美國心理學家曾做如此的實驗，請未曾謀面的陌生人到某人居住的場所，藉對室內的陳設、用品觀察，十五分鐘後，填寫有關屋主的人品、個性、性向問卷，其結果和屋主相識十年以上的好友描述，竟然有八成以上的相似度。

從日常生活使用的物件，即能透露人格和品味特質，這些信號使人們即使第一次接觸，也知道這些將彼此以什麼方式相待，再也不會因陌生而不知所措。

同樣簡約俐落的呈現，使用Montblanc的人士是講究品質、理性、效率而少風情的都會專業人士。而用八方新氣，該是重視抽象意境品味和勇於探索生命的生活行家。

品味是解讀事物的能力

無論是耳濡目染或是熟能生巧，總之，和好品牌打交道久了，其底細自然會摸得一清二楚，年份、材料、作工、理念、風格、文化……品牌基因裡所有的特色、優勢，都會透過文字、圖像和行銷來打動你，當看對了眼而認同了，你就成了忠實的客人，於是有了自己的時尚和品味。

時尚不只是一張皮，它要配合表情和身段來詮釋和流行結合後的品味神情，這種演繹行動已在各行業人士中展開，藉時尚的搭配建立起一套完整的識別符號。例如，從事設計的人常是戴著黑膠鏡框，加上一身黑色合身洗練的行頭，簡約低調辦公空間，代步工具是更偏好休旅車……這一切所傳遞的當代、思索、品味、機動等意象，是希望人們對其專業的信任。

時尚對人們而言是重要的工具，它扮演著形象的輔助角色。其實，時尚能力顯示著我們解讀和掌握事物的能力，更重要的是隨著商業所帶動的時尚腳步，我們進出更多的生活可能。

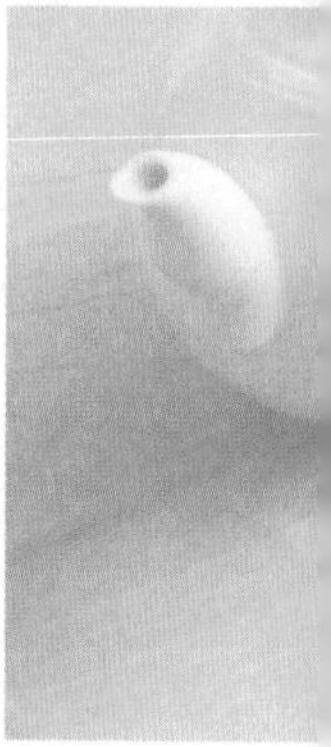

從傳統產業到新瓷革命

近來，大家開始説「文化是好生意」，我們看到各種所謂文化創意的風潮，在重振傳統產業的期許下紛紛挺進、熱鬧登場，沒多久卻像泡沫一樣消失了。我們再去細索其中的發展變化，會發現其實一切問題在我們身上。

早在二十幾年前，日本的YMD 便以東方極簡設計風格結合逐漸沒落的日本傳統工藝，精準而完美地開拓一個成功而亮麗的國際市場。無論是翻砂鑄造的果盤、椅子、燭台或不鏽鋼餐具用品，還是陶藝花器，除了細緻的品質、現代的美感，還具有顛覆傳統習慣和思維的挑釁趣味，這些產品在平面設計師五十嵐威暢手上，都帶著都會生活新潮探險的情趣，不但教人耳目一新，更令人無限驚奇。

更早之前也有兩位女性Addie Powell和Nan Swid，她們以「桌上產業」（Table

Industry）作為產品訴求，從紐約市轟轟烈烈展開生活用品Swid Powell品牌亮相。產品設計沒有統一風格，完全是各個大師自由發揮，但是每件產品都有清楚的設計理念與成熟美感，它們那嘗試改變生活新調的訴求，讓品牌一炮而紅……

不管亞洲還是歐洲，他國創作者一面向前走也一面在改變，但我們的傳統產業仍然停留在用老祖宗留下來的老技術製作老東西，做的人不去思考把現代意象放在產品的設計上，還是維持原來的形式與表現方式。沒有新的美感經驗加入、沒有新的探索鋪陳，只是原地踏步，這是傳統產業在擺脫代工或面對生存競爭所面臨的嚴重問題。這夕陽產業，背負著落後、失敗的印象，只因少了追求高度的企圖。

我們過去所扮演的一直是代工廠角色，一個完全被動的追隨者，一個不必有創意的生產者。如今這些式微已久、無力振奮的傳統產業，過去曾帶領台灣經濟奇蹟發展的英雄們，是否還有用武之地？答案當然百分之百是有的，只要我們改變我們的態度。我們可以從博物館收藏的近代設計產品的表現來證實。

只要商品的意象帶著時代時尚文化的特質，帶著民族風味的人文個性和現代生活探索的意識主張，並可鋪陳出設計理念、造型、意象間的推敲理解系統，那麼它其中散發的情趣將吸引市場的焦點。

從感性的、理性的，它們可以自成一套完整的產品概念和價值；從命名到造型的情緒呼應，從造型到功能的理性呈現；再從功能和造型印證命名的趣味，同時扣緊感覺和知覺的合理性，文化和掌故的情緒性，新鮮和懷舊的功能性，進而能帶出新的生活體驗和嘗試的勇氣；從文化、生活角度切入，找到跟消費者心靈共鳴的平台，如此產品便都取得了市場的巨大成功。

這些產品帶出了一種生活的新氛圍和互動的趣味，這個氣氛創造嶄新積極的生活意識，形成一種生活的品味與共識，進而凝聚成一種文化主張和品牌理念。這些帶著理念（極簡或折衷的）、思想（精英或通俗的）、主張（前衛或懷舊的）和情趣的創意商品，除了功能，也清楚地掌控、開創生活空間和美學價值的新基調，更清楚襯托出時尚符號同步的語彙，一點顛覆、一點實驗、一點刺激，清楚理出了一種接納、參與和消費的模式，更帶來有品味的、意識清楚的、生活新情境和樂趣。

依據這些例子、這些邏輯，能讓人對製造業又產生期待，尤其對傳統產業的樂觀大為提升。品味就是這般明明白白的教育，品味的智能使世界因我們所能體悟而格外親切；好創意不僅呈現美麗的外衣，它更巧妙地鋪陳品味的解讀線索，讓我們容易掌握、追溯到產品創意深處更有意義的人文精神和價值。

做對的東西的法門，似乎就在咫尺。

二十年夢想成形

琉園的經驗成為催化劑，我回到二十年前的夢裡。那裡的時空愉悅新鮮、朝氣蓬勃，物件端莊自信、雋永新奇，人物雍容自在、自覺昂然，品味樸質幽遠、色澤淡雅，生活飄逸靈動、流暢婉約……期許以最成熟、最原始的瓷器工藝來實踐我心中簡約、雅致、莊重的場景，於是我再次做起門外漢的天真夢想，闖入半生不熟的禁地！

與著名品牌的落差少則一百年、多則三百年，想異軍突起，談何容易。如今為時已晚的出發，勢必要營造產品的差異化和確立市場的必要性。世界還剩多少現成的好事可讓我們插手？確實是沒半個了，但想想三十多年前Alchimia、Memphis大膽活潑和天真熱切的短暫發聲，其實已然昭示生活的內容和形式，生活的體驗和感官的活絡是有新的開發空間的可能。

而對桌上、几上、櫃內數百年來一成不變的瓷器風景，或許有無數個不得已的理由，但對生活的探討、美感的追求、品味的進步沒有理由原地踏步。而最弔詭的是，唯一形式上不隨時代意象同步移動的材質，竟然也只有瓷器這一塊死角。這麼多年造型大同小異，搖擺在表面圖案變化的多半依然只是甜美、華麗的色彩筆觸，而古典和優雅是僅存的標準，如果再進一步探究美麗的表象下，則又空洞乏味，勉強可觸及的只有品牌的歷史故事而已，如此別無選擇口味的現況是耐人尋味，當然也可謂令人不耐。

這要怪就怪在瓷和人的問題，其他材質在製作上沒有本質上的改變，應用時只是外觀形式的不同，木材無論用在哪裡、做成什麼形式的物件依然還是那個木料，銅、玻璃或熔或鑄，常態成品仍是原來那個材料，所以很容易隨著時代設計潮流、風格走向立刻結合變身。而瓷在製成是將鬆散沒有結構的土經高溫焠煉，瓷化成密實堅挺的材質，這是驚天動地的異化質變，而對過程中高溫軟化不易成形，高比率收縮不易精準等難以掌握的瓷土特質，大家只好在某些造型侷限下做圖飾色彩的變化，聊表對時代風尚的呼應。

而如今，都會的風情、空間的情境、人心的情慾、生活的情調……口味和標準已然天旋地轉一百八十度變化，瓷器偏偏不跟上配合。此形式上、意象上、精神上的落後和欠缺，對市場來說是一個機會，對創作來說是題目，對產業而言是挑戰。

試想雙腳這能將人類帶到遠方的工具，從前為趕路經常要披星戴月，筋疲力盡。後來有了汽車，同樣的路途，手握方向盤、腳踩著油門，開空調、聽音樂，享受飛馳的快感和沿途的景色，時間縮短又可輕鬆愉快到達目的地。現在有了高鐵，更放鬆、更自在、更快速自動到達目的地。

從甲地到乙地是種遷移的過程，從早上到晚上是生活的過程，從年少到年老是生命的過程，如此一日、一世美好愉悅的歲月行走，是否也能有如汽車、高鐵等的工具來輔助？在動的使用中、靜的觀賞中，也能為生理、心理留下深刻幸福的歲月記憶？這世間明顯有超越單純生理功能和單一美感標準的物件需要，但要如何改革？

似乎找到了些有趣的切入點，在諸多品牌列強銅牆鐵壁般的壓擠下，我看到大窄門的小機會。二十年前赴美研習玻璃時，曾藉此便試著兜售茶、咖啡具組的設計圖，從紐約帶著訂單回台，卻慘遭一干陶瓷工廠澆冷水，總之，在三番兩次大費唇舌、好心解釋老半天，我依然無法全然理解瓷土瓷化的過程變化為什麼不能完成這些設計圖，在這種情況下，我悻悻然作罷。

十四年前我又犯了忠言逆耳的毛病，幾年的窯爐工作和道聽塗説對瓷土有更進一步但仍一知半解的認識後，企圖闖關，此時多數工廠外移，剩下的悠閒作坊比較願意理我，於是開始蠻幹；兵分兩路，南往桃園、新竹、苗栗一帶昔日台灣陶瓷重鎮地區挺進，北往日本這近代的陶瓷大國，展開原型、開模、打樣……正式嘗試美夢工程的打造。五個月下來，那五套一開始即被質疑的設計，在台灣遭到全面的否定和困頓，每張圖燒出差距十萬八千里的扭曲噩夢，正如當初廠商所預警的結果。

好夢竟如此遙不可及，難道一點可能性都沒有？列強間即使有縫隙你也穿不過去，面對千年不變的瓷器「真理」，只有一嘆接受，顯然這個切入點只是創作者天馬行空的妄想，目前有些形式是人類在瓷的世界所不可得的。

接著琉園開始成形上路，忙著建廠、忙著設計、忙著製作，一九九五年八月由金澤寄來了樣品，那是一只令人驚豔、完美而優雅的杯子，包裹中附了四個製作時使用的托具，同樣完整細緻毫不馬虎。回想，一九九四年十二月經香港名設計師陳友堅的引介，與友人欣然拜訪日本著名瓷器廠家NIKKO位於金澤的工廠尋求合作加工的可能。

要品質，自然想到日本。工廠社長覺得我的設計有趣，但完全違反了傳統瓷器的思維，製作難度太高、挑戰太大，於是又解釋了一遍瓷土製作的過程高溫收縮和軟化的變化現象。我又進一步了解自己的設計圖多麼莫名其妙，從台灣的實務操作和日本專業的勸導看到什麼平面、直線、方形之如何不可得云云，終於有所了悟。「成功就是奇葩！」社長如此説，還説願意幫忙一試。在參觀全是機械自動化生產的偌大工廠後，我不作任何奢望，禮貌性地選了三張圖留下。沒想到一別八個月，在沒有預期下，竟然捎來這麼一份驚喜，也種下了我對八方新氣不時耿耿於懷的嚮往之因。回想當初面有難色，對著設計圖困惑不已的社長：「誠如您所見到的，本廠全是機械化生產，但這些圖稿全需要手工製作，是有那麼些配合的下游作坊，但我仍毫無把握。」

沒有肯定的答覆、沒有收取半毛錢，依稀記得幾位技術人員對著會議桌上由卡紙所剪貼組合的模型，端詳討論和沉重搖頭攤手的情景，相較台灣工廠的態度和作法，你感受到日本人對圖稿的尊重和耐煩的態度，既然要做，就要想出做好的方法來，而不是用慣用的方法盲目嘗試；如果只是一面警告、一面又照著老方法做，當然永遠沒有成功的機會。

懷著由金澤捎來的信心，八年前，我開始逐步試探，大規模進行此項嶄新工程的可能性，過程中時而振奮雀躍，卻更多挫折沮喪，隨著時間和不間斷的投入，二十年前的夢，有了雛形。

往事不堪回首，但面對這一桌歷經過關斬將滄桑後的自在身影和優雅站相，一切又顯得值得。

開創新意，做對的東西

——談談對於創立品牌的想法

做事業有兩種人，一種是創業家，一種是企業家。我比較屬於前者。希望把事業當成作品，以這個態度發展出新的產業構想和定位，就像藝術家從議題到形式設定的策略一般。

創業家帶有高風險的意味，事實上新的商業模式好像我的每件作品一樣，成功率總是那麼低，但現成的好事別人都做完了，再做就沒意思，也做不過人家。

做事一如創作，我喜歡原汁原味的原創性，但如何將風險減到最低，這的確需要一些見識、經驗、創意和勇氣。

過去做「琉園」，現在做「八方新氣」，我每次都把它們當作創作的命題來思考。新的困難是必然，但走不一樣的路，走高門檻的路，或許比較有成功的機會。

現在大家都在談文化創意產業，但目前文化創意產業的思維多停留在產品開發的問題上，但那只是生產的問題，事實上它有許多面向，必須在事先做設想規劃。文化創意產業的產業二字，顯然已非個人工作室規模的概念，當規模進入了公司組織運作的架構時，就需要多元的專業而不僅是那幾位會做產品的人了。當然，文創產業是漸進的，最終勢必面臨建立品牌的問題，那就是事業化的想法和作法。

現實競爭一向是殘酷的，而我們的品牌基礎是零。不管是瓷器、木器、玻璃……你看到許多屹立不搖的百年老店、知名品牌，銅牆鐵壁的環伺、佔據、擋路，我們既沒品牌也沒有通路，就通路的級別往下是價格拚搏的紅海，往上是機會渺茫的奢望，令人進退失據；這些知名品牌不會讓你與它並肩發芽茁壯，一方面當然你也沒有足夠的資源站在它們身旁，一方面你也沒有足夠的高度產品風景被通路允許站在它們身旁亮相。高檔通路通常代價不菲，你的產品初創時並不完整，也沒有經過市場考驗證明，一開始，真是舉步艱難。

面對現實，反而讓人小心翼翼。就像玻璃，為什麼我們不做西歐拿手的吹製玻璃，不做東歐人熟悉的切割玻璃？反而選擇失敗率高的玻璃脫蠟鑄造？吹製玻璃、切割玻璃的養成時間相當長，除了沒有這些傳統技法所累積的傳承外，更重要的是在傳統產業脈絡的大環境，沒有人願意再花一兩年跟著你學正統基本功，這是現實也是宿命。

而脫蠟鑄造，有些步驟不需要太多技術，只要用心、投入，它可藉分工讓你有產業的規模，只要掌握創意、燒結技術和一個專業的經營團隊，採取工序冗長、高失敗率、成本高而別人不大願意走的路，仍然是有機會的，八方新氣就是延續這個精神。或許可以簡單地說，以現在的時機和條件，與其最好、不如唯一，這是品牌要有的態度。

——把產業當作創作命題的優勢為何

創新的態度，可幫助你勇敢、快樂的去尋找定位，建立區隔！

就八方新氣而言，面對中國八千年器皿形制沿革的歷史，我們希望能譜寫清朝後的新頁！從我們開始吧！抬高它的規格吧！它是結合時代美感、生活意識、人文關懷的結晶，它不僅只是精緻、優雅莊重的傳統標準，更要有生命意象的喻意內涵，藉此特質讓人們在使用與觀賞的互動間，帶動所謂體驗經濟的微妙情趣。為了讓生活內容、形式有更多的可能，於是八方新氣在設計上面臨了工藝挑戰和創意突破的課題，它是瓷器千年來骨子裡的革新，而不再只是表面彩繪的圖案變化。

隨著時代的變遷，生活的節奏與方式變了，人們處理空間的手法和質感也改了，這內內外外的改變，卻因為瓷土燒製的特性，創意裹足不前，讓它的形式一成不變，不僅物件和空間不匹配，也讓我們的生活品味僅止於優雅。顯然瓷器沒有與時俱進，所以創新的改造，讓我看到可以切入的空間與機會。

八方新氣的創意衍生出一系列的想法，工法改變的要求，設計思緒的調整，文化元素的注重，時代風格的掌控，生活主張的考量，美學經濟的落實，生命自信的鋪陳……有了這些概念，我們確定了自己幾年後的特色，而不會一年一個樣，變來變去。而面對市場品牌競爭的態勢，我們做了完整而全面的區隔，這區隔就是外型、功能外有物超所值的內涵，而且深信八方新氣是時代的必要和責任。總之，希望藉創新，從零來建構自己的優勢。

——八方新氣的品牌個性

我試著用單一作品「帝國記憶」，來解釋八方新氣的思維邏輯，所營造的差異化和價值，這些思考也都是八方新氣每個設計中所要注入的元素。

工藝挑戰

整合尊、爵、鼎的堂皇意象，「帝國記憶」在你面前呈現的是瓷器罕見的平面、線條，懸空拔高的設計處理，在任何空間中它都站出絕對的自信；高門檻的工藝挑戰帶來形式上的巨大區隔。

改變工法，突破原有的形式，提供與現代時空相匹配的產品，這是基本的價值，也是區隔的基礎。此處同時有所謂「巧奪天工」的元素，它建構了物超所值的起碼認同，而瓷器也有了新的可能。

體驗經濟

從造型和功能的新鮮感受，帶出視覺和觸覺的新體驗，拔高、盎然的處理手法，它營造全然不同的莊嚴氛圍，它啟動五感敏銳的生活反應，進一步自在地體悟一絲不苟的極致氛圍。

它促進品味的發酵，它帶動人文的想像，在使用或觀賞的互動間感受濃郁的振奮和悠揚的朝氣。俐落稜角和線性結構的緊湊佈局，營造唯我獨尊的優越。

生活工具

嚴謹、端莊的造型，重複多層的弧線設計，營造出繁文縟節的意象，而帶出儀式般隆重生活的考究品味，精緻的線條、細膩的作工、鋒銳的轉折，將慢活的細膩節奏，找到可以掌握和實踐的輔助道具，協助咀嚼品嘗甜美的人間況味。

以現代生活意識和主張為產品開發之訴求，使它成為生活理念實現的工具，它同時促進生活情結的解讀，進而物我相知，也營造空間芬芳的可能。

歷史使命

「帝國記憶」設計傳承商周尊、爵、鼎等上大下小、抬頭挺胸莊重的浩然正氣，此別開生面的新氣象，簡約自信呼應了時尚、都會的俐落美學，它期許為時代創造承先啟後的風範。重新詮釋傳統莊重優美的精神，開創新的文化風格，一方面展開別開生面瓷器的氣象，一方面也打造生活與時代的新記憶，以形制新的風采，譜寫時代的新風采。

回歸本我

從傳統瓷器風貌出走，但不再依靠其他工藝來點綴自身的優雅華麗。自給自足，期許藉設計出完整的物件個性，除了如回歸材質純然的自我而安住外，「帝國記憶」所發散的豪邁風情，或許正契合你一世的人生價值而彼此投緣相持。

以人為本的設計理念，樹立產品個性和意象，完成氣味相投，見物見志的效果，使人在物件中也能有所歸屬，也能典藏、體驗遺忘了的自我。

血氣暢通

建構「氣」的美學觀，提供造型、意象、氣質端莊的格局。兩條上升的直線帶出莊嚴的氣氛，使作品充滿豪氣的擔當意象，也帶動生生不息的自信活力，使人在日常例行沉重的負荷下、在困頓的低迷下，能拉出無懼的氣概，從容以對。並在微妙美感的空靈氣韻中、在使用體驗的喜悅幸福中，氣定神閒。

價值習慣

追憶、呈現出帝國豐功偉業、富足開闊的氣派盛世，那是頂天立地、義薄雲天的大格局，而不禁教人坦蕩開朗，不為小節再蹉跎，不再為挫折而退縮。

藉文化造型所營造的意喻，傳達對人生、事業積極樂觀的正面能量，並結合傳統的價值觀，樹立氣度恢宏，自在自信的生活品味。

文化時尚

「帝國記憶」藉其形式讓人感受生命所必要的獨立自主精神，也藉造型感受必要的生活堅持，美學體驗的概念也正由此物件新形式的啟發和催化，體現勇於嘗試的價值，打開新的生活可能來豐富生命內涵。

掌握、開創時代美學經驗，並融入人文關懷的流行思潮，讓人從形式的意會感受深刻的生命、時代生生不息的進化和學習，進而促動惜福的情愫。

這可以說是八方新氣理念的原型，從這基礎進行品牌的推廣、產品的開發、行銷的策略，讓每個著力點，有著工藝的革新、人文的關懷、時尚的風采、歷史的情懷等多元開朗的意象，同時也構成企業的核心價值。

當然也打造中國式的低調奢華。

——八方新氣如何建構低調奢華

六〇年代知識爆炸狂潮是前衛的激昂年代；七〇年代反戰省思，人們又嚮往自然純真的質樸；八〇年代神祕東方幽遠禪風崛起；九〇年代叛逆饒舌街頭文化；兩千年科技簡約的低調奢華流行……一路走來由歐美日等先進國家隨著其社會演進、國際局勢變遷、經濟繁盛發展、政治冷戰角力、環境嚴峻生態、能源……等等議題，在在主導、改變人們的生活意識與生命本質的想法，並直接影響美感上的主張和策略。產品設計、藝術創作當然也隨這股人心風潮而發展所謂的時尚和當代。

當下流行的低調奢華以內斂的氣度和外表，來對應資訊繽紛多樣、視覺閃爍多彩的現實現象。搭配低調奢華的風格能彰顯個人的脫俗和出眾，並進而沉澱出一份端莊的自我。素淨的形式色澤，在簡約的嚴謹意象下是由駁雜、精密、講究、扎實所鋪陳世故而深沉的內涵。這份沉潛的奢華手段，能讓人掌握到雋永生活況味的富足和厚實的滿足。

低調奢華的風格，正以其冷靜、淡雅的形式和質感，細膩、周延的思路和手段，穩住了時代多彩多姿失序躍動的慾望，並以豐厚、隆重的內容和結構，精準溫潤的作工和技藝，滿足個人期盼寧靜心安的渴望。

宋朝是低調的，它呈現含蓄、樸質、洗練、空靈、悠然的自在；明朝是雍容的，它呈現端莊、雅致、精準，昂然的華美。

八方新氣秉承傳統的莊嚴風采和時代的俐落神情，並以內斂而精湛的工藝，純然真情的奢白，輕描淡寫出瓷器前所未有的雅致奢華。讓宋多一份時尚的活潑，讓明多一份華麗的激情，而呈現一個全新的中國式低調奢華。

當然，這也成了全面而艱辛的挑戰，以現今產品呈現的格局來看，我覺得是絕對的值得，並看到絕對的價值。

我常說「琉園」銷售的不是玻璃而是喜悅，從令人驚嘆的玻璃工藝，晶瑩剔透的極致美感，心情愉悅的創意發想和作品朝氣蓬勃的正面能量來看，處處都是快樂的體驗。而「八方新氣」則提供端莊的自我，一個對時空、美感、品味有所體悟的生活行家，一個對文化、情緒、事業、時空有所珍惜的生命詩人，他勇於探索、追求極致。

譬如，你的第一把壺，那是面對其大方精緻的優雅決定，其實也是別無選擇的最好結果。經過多年生活、學習、體驗，對美感、品味、氛圍的意識的掌握更成熟而理性後，對第二把壺的選擇必然有所不同，它是具個人風格、品味，有你對時代、歲月的體悟的反射，它讓你由外到裡氣定神閒，悠然自得。我相信這個自覺人人都有。這個自覺讓每個人對生活有所追求，對生命有所期許，八方新氣希望在這份自覺找到共鳴。

我當初做玻璃純然是個人對材質、創作嚮往的落實，到了琉園與八方新氣的使命感，的確有程度上的不同。隨著大環境的改變，生產角色態度的被動，傳統工藝逐漸式微，反而讓人可以看清癥結所在。文化積累的獨特風味和民族在地的風土質感，國際文化、資訊交流密切的環境，科技美學、藝術思潮頻繁互動的感染，與多元異地空間，土壤遷移的體驗撞擊下，這項代代傳承成熟的手工技藝，絕對有璀璨的火花激盪的巨大空間。在即時、便捷得到成果的急切意識下，慢工細活的卓越追求，反而更讓人覺得這些傳統工藝所呈現溫潤和人文關懷的特質，更顯彌足珍貴。

有趣的是，人們面對八方新氣的產品觀察到不同的角度：有人發現自己，有人看到時代，有人要擁有歷史工藝的轉捩點。

——在創立新品牌的過程預備了什麼？參考了什麼？

第一，知己知彼。

先要做市場調查，了解行業的生態和市場的概況，從中尋求將來生存與發展的可能空間，亦即從中尋求區隔的可能面向，這包括價格、風格、類型和訴求要點。不可諱言，雖然有了市場資訊的分析，但常常還是被主事者個人的喜好、追求、偏執所主導，這是文創特質的優點與缺點。前面說了如何從現有的狀態尋求切入點的現實，同時我嘗試尋找八方新氣產品的市場意義，並以各種問題來建構八方新氣整個方案和品牌的意義：

如果八方新氣是自覺的首選，它要具備什麼樣物超所值的幸福內容？

有沒有所謂歷史使命、時代任務的切入點，作為品牌的核心目標？

要傳達時代的什麼風情，作為形式、內容上最大的區隔？

如此大哉問後，文化的、歷史的、工藝的、生活的、品味的、時代的議題開始浮現，你看到價值所在了，看到產品和品牌的初步輪廓。的確過程嚴肅而死板，有著一絲不苟、吹毛求疵、老氣橫秋的味道。基本的區隔應該是文化的、形式的、質感的等等因素，只是每個類別要聚焦哪種特色多一些，就每個品牌精神而言會有所不同。

文化上

期許以母體文化的價值觀、生活習慣來呼應新的時空變化，並架構出新的生活意象和品味，「時代」是此處的重點。

形式上

期許完成具時尚美感、情趣特質，而氣度、格局不失傳統端莊的精神，世故成熟是此處的重點。

質感上

期許回歸材質的獨立性，初期在不依靠其他工藝藝術的情況下，以空靈重現瓷器的斷然風格，初期「素顏」是此處重點。

八方新氣期許是煥然一新，而純度要夠高，但可想而知，這理想化的定位決定後，即演變為生產工藝驚天動地的大挑戰，但卻也讓我們看到從〇到一，面對大品牌樹立競爭下的可能性，那就是絕不隨波逐流。

剛開始，我樂觀的想以代工廠OEM的生產模式，展開這個商業構想，從亞洲到歐洲，探尋一百多家規模、品質合格的工廠，好不容易終於找到一家願意一試的，但進行一半又打退堂鼓，告訴你做不下去了。八方新氣每個設計都在挑戰高溫瓷化百分之十五的收縮和軟化的瓷土特質，除了變形、扭曲的問題，工法的繁瑣、細節的呵護、模具的多樣、造型的精準、品質的完美都非傳統瓷器廠所曾講究過的，更嚴重的是無法適應不及百分之二十的成功率數字。

第二是文化的使命。

我覺得這是企業的命脈和動力，如果能將它和產品開發、行銷策略連結，就不會變得高調，或淪為口號，反而成為內部的共識和方向感。像當初琉園即以「打開中國人的玻璃世界」的念頭一樣，我們開了博物館，舉辦國際交流、展覽、出版玻璃書籍、玻璃教學……開創一個讓大眾能與玻璃接觸的平台，以這方式以及好作品，讓人們了解、喜歡玻璃，終於啟動了兩岸三地的玻璃熱潮，嚴格說，這是將市場打大的有效手段，但是要時間，要資源。

八方新氣希望自己是開端，起頭來革新瓷器形式的生態，進而帶動更多人，面對八千年器皿形制文化的沿革，在傳承的精神下共同完成時代的新風貌。

文化創意產業終究要回歸到企業的架構和倫理下運作的，品牌的承諾和使命要及早定調，並從這個理念找到價值和價格的定位，如此產品的設計也就找到了長遠的方向。對我來說這塊或許比較簡單，創業總是興奮的，但團隊的構成和品質的完美，常令人焦慮。我常會質疑，世界難道沒有完美而簡單的理想過程？

文化創意產業若要成功，必須顧及五個面向——理想願景、文化特色、工藝卓絕、專業團隊和時尚風格。把理想擺到第一，是以從傳統工藝為出發的文創產業而言。我們起步太晚了，文創的投資不是兩三年即可回本的，理想性的意義，除了形成內部的共識和外部的認同外，更重要它引導出明確的企業方向和一系列的重複策略，那麼到底該做什麼樣的理想？文化創意產業可著墨而有意思的地方很多，端看循著這個軌跡，可發展產品的強項是什麼而做取捨。

說到專業團隊，那才是成敗關鍵之所在，寧可是一流團隊結合二流構思，而不是二流團隊推動一流的構想，那是辛苦而危險。專業是種承諾也是期許，在自己的領域積極創新、投入使命必達的氣勢擔當，無論是設計、行銷、業務、財務、管理、生產……在每個不同的領域都能擁有用心、用力徹底達成目標的能力和決心。

——傳統工藝的文創挑戰

我們為時已晚的起步，其實就是要面對一個高門檻的現實，我現在常說「好事輪不到你（我）」，並不是在打擊士氣、澆冷水，而是要大家以更積極的態度去迎接挑戰。理想是帶有浪漫而悲壯的色彩，理想本來就不是一蹴可幾的，當然它可以是心理上的自我安慰，在面對困頓時能稍事坦然釋懷、平衡，更要緊是它帶來長久的方向感和團隊的共識。我們在設定責任和使命的理想上，可以從美學上、文化上、工藝上、民族上……等不同課題切入發揮，這的確能讓團隊因而莊嚴起來，這是不容小覷的凝聚力，畢竟隨著逐漸全球化的發展，文創的產品將走向均質化，而唯工藝類將發揮最高的識別效果。

「以打開中國人玻璃世界」為使命的琉園，除了曾以前述的許多作法來落實這個理想外，也衍生了一些親切的方案，例如在創業初期時正逢台灣玻璃產業式微、紛紛出走的環境下，我為了讓夥伴們能安心投入，寫了「英雄列傳」系列文章，描述許多世界著名玻璃品牌或玻璃藝術家，如何藉創意、工藝得以揚名立萬。玻璃可以是希望的，是可以安身立命的，所以當初除了大量訂購專業的玻璃書籍、刊物，也派送用心的年輕夥伴，遠赴捷克、德國、美國的玻璃研習營，親身感受國際大師如何看待這個材質，如何一往情深地投向高溫熔爐。有了國際視野、觀念、網路……後來大師們又來台灣，書中的一些名字、一些國家，突然離大家那麼近，於是期許變高了，面對挑戰的耐力變強了……高調的理想變為可實現的方向。

八方新氣也有個單調而嚴肅的理想，期許革新、打破民族工藝的僵局，在這個立意下就衍生了許多清楚、明朗的產品發想，設計上的發揮和等價的品牌承諾也會隨這股使命感而標準越訂越高，有形的新器相，無形的新氣象逐漸圍繞著這個理想成形凝聚。

文化性

既然是「文化」「創意」產業，當然要以能呈現文化特質和創新發想為訴求。針對國際的競爭，文化是最容易掌握的區隔。我記得一九九九年七月透過勤業會計師事務所的安排，來了三位國際知名品牌代表，表達要購併琉園的意思，在他們公司想發展的事業體中，其中一項是玻璃。

他們經過多年的觀察和評比，在脫蠟鑄造的領域，琉園的工藝和作品被評定是當中佼佼者，他要的就是第一，而不是自己從頭來。他們當時明講，如果琉園今天簽約，那麼明天就是國際化，琉園可在其國際六、七千個任何銷售點展售、合作，開出的許多好條件我們的確興奮，事後拜訪他們位於瓦倫西亞的總部，才知道幾乎從琉園一開始，他們即鉅細靡遺收集琉園所有的文宣活動資料，做了分析評估。會計事務所花了近一年半的時間，查核我們近乎透明的財務管理和緊湊的控管機制，但是，因我們已有公開的計畫，退場機制無法周延，使得合作作罷，但我們也從這個西班牙品牌學了不少經驗，其中最重要的是文化。

他們希望琉園依然保持自己原有的風格，萬萬不可因歐美等不同市場的考量，而失去自己原有的文化風味，這是他們所沒有的特色。在諸多優良文化傳承裡，有圖飾的、生活的、觀念的……的確是取之不盡，用之不竭。重點是如何將百年、千年的老骨董賦予新的詮釋，展現與時代、團隊契合的意象，簡單地說要能做到承先啟後的效果。

文化不僅在詮釋、更在建立。八方新氣以革新的高度，期許再建立民族工藝的新榮耀，文化是理想更是使命，它將聚焦團隊的思路。

專業性

這裡指的是團隊成員的素質，即是指本事，也是指態度。專業要有自我期許的自覺，對外那是種自信的承諾，在產業裡的各種功能運轉下，做好份內的工作，在積極之餘，更要能創新，不斷自我突破就是一種自我的期許，負責生產的、業務的、行銷的、財務的、管理的、客服的都要如此要求，讓自己每天都能進步一點點。

一九九九年琉園推出一件新作：千禧龍「圓融」。這件作品是針對二〇〇〇龍年，身為龍的傳人該如何迎向二十一世紀的變化與挑戰的作品，團雲球狀的玻璃製品，表面有均勻的鏤空造型，顯現著浮雲和龍騰的意象，這件作品有著期許龍族的兒女，能勝不驕敗不餒的意喻，並能像打足了氣的球，充滿能量向前生生不息的挺進。藉著北投琉園水晶博物館的開幕推出，短短不到兩個月的時間，這件三萬八千六百元的作品，被認購了將近一千件。

這天馬行空卻廣受歡迎的作品，帶給我們無數製造上的考驗，成功率之低不堪想像，預計三個月的交貨期，竟然拖了十一個多月才交完，期間不敢再接「圓融」的任何一張訂單。這是專業上吹毛求疵的例子，但可以凸顯專業在追求進步，突破、創新的心情，以自己專業的高標準完成，進行每件任務，局部鏤空是玻璃脫蠟鑄造的特色，也是它的挑戰，但全方位的鏤空就是難題。市場知道作品氣韻生動，也在乎其中的創意發想，可是從不知道或不在乎工藝的巧妙。

設計者的角色，就是要藉新意來增加競爭力，無論這是顯性的或是隱性的效果，心中那把尺是時時要亮著的。三年後，「圓融」兩千件限量品全部銷售一空，這期間琉園也推出相同造型但沒有鏤空的小圓融，也很受歡迎。「鏤空」或許是有些矯枉過正的極端例子，但卻是專業在作業上的必要尊嚴。

文化創意產業，不能只靠一個會做的人的專業，一個好產品的存在而已，畢竟產業重點在經營，它是一個專業團隊投入的成果。

八方新氣更是如此，從產品、經營到服務，希望團隊全方位的專業，有個人的專業，更要重視跨部門有效而和諧的溝通，共同打造一個東方時尚的瓷尚品牌。

工藝性

技藝是最直接能表達產品水平和高度的方法，在每件作品裡，專業團隊使文創事業化的基礎勞作中，除了一絲不苟更要精益求精，方能營造巧奪天工價值。手腦本來就很難並用，腦袋總是跑得比較快，天馬行空的念頭老是不能被落實，掌握獨到絕活，呈現不一樣的形式或質感，完成「與其最好，不如唯一」的念頭，是一種最好的區隔。琉園當初避開了西方最拿手的吹製、切割、雕花的技巧，並不斷追求脫蠟鑄造技法上可能的極限，雖然十分辛苦，但藉此技法創造出不同肌理、造型和語意，也才以獨特性茁壯成長。

工藝不僅有高低，更要有差異化。就玻璃而言，吹製、切割、雕花，不僅是產業、地區代代相傳的基本傳承，更有不宜外露難以破解的祕訣，要想短時間掌握出眾的技藝是不容易，更別說超越。美國詩人Robert Frost曾說：「走人煙罕至的路大不同。」八方新氣這次進入危險的禁地，傳統瓷器工藝的成熟不必贅言，而工藝變化卻又只有一種，但時代有那麼多的話想藉這親切而溫潤的材質來表達意念，想把它當事業，當然要有徹底改造的想法和非常手段，自然就會面對一些材質本質上難以突破的關卡，而處理的方法只有先由工藝工法的調整著手。

多年來不斷嘗試，在吃盡苦頭和體會了所謂燒錢的反諷含意後，我們也終於完成不一樣的作品，有了工藝的把握後，創意就不會再被捆綁，形式才能得以貫穿品牌理念而不被解散，在意象和品相上展現起碼與大品牌平起平坐的基礎，在品牌林立的角逐中才看到殺出重圍的曙光。

時尚性

這或許是文化創意產業最有趣的區塊。

時尚涵蓋兩大面向，一是形式的，一是意象的。產業提供的服務首先要滿足當代人的需求，就傳統產業所提供產品的形式，要能符合現代人的美感經驗標準和生活習慣需求，設計上的尺寸、比例和質感就需要完成必要的認同。

由於政經的更替和盛衰，時空改變和進化其中的微妙質變，滲透了生活的心思，而左右人們的習慣和價值觀。倫理改變、美感改變，別說百年、十年的週期，隨著現在商業猛烈的操弄運作，材料科技的日新月異，五年就有外觀要求顯著的不同標準。所謂流行正是這股以不同的面向，卻排山倒海挾帶相似情調、誘人耳目的潮流信號，它承載多數擁護者的興奮和自覺，也造就了時代公認的美的標準。

創作者就要能掌握當下這令人滿足、快樂、賞心悅目的尺度和氣質，這就是設計上所謂的語彙。每個傳統產業有其傳統規則和慣性，如何因應時代的變遷來展現新的引領風采，自然是文化創意產業在面對市場必要完成的功課，一成不變遵循古法難免要被邊緣化。

形式外，內容同樣也要掌握時代的精神，雖然有文化的基礎，但時空環境事物生態的巨大改變，自然對人性、生活等面相衍生新的詮釋，就文化素材應用上，必然要加入時代的意識。若僅是仿古那就不叫文化創意。

悠久的文化，如何建構新的意象，而引起市場多數的認同？例如深受歡迎的琉園現代佛像系列作品，即是將「佛法生活化、生活佛法化」的現代學佛法門的精神，在喜捨付出的實踐中，體悟不執著、平常心的智慧，並在面對世間無常的人生境遇時懂得惜福感恩的至高境界。並以現代公認體態身段優美的八頭身模特兒比例塑形，形式上掌握了現代的美感標準，有別於隋唐的豐偉壯闊，也有別於宋、五代的清癯消瘦。佛像在人們心中的理想圖像，與時俱進，這份接受來自祂的慈悲莊嚴，全相融在當代的線條比例中，同時祂們也跳脫了傳統偶像的處理手法，將前述「生活」的概念擴大應用，不再有神像洞悉一切的神通，而是親切、優美的作品，不必敬而遠之供進佛堂，在客廳在書房，隨時提醒我們如何看待生命。所謂的時尚，在此有造像上的現代感，有當今學佛觀念的新意識。

八方新氣也必然要掌握所謂的時尚的概念，全方位為當代提供服務，在生活上、觀念上，現代有別於兩百年、一百年、二十年前的習慣、標準和品味，過往與現代種種的不協調，得從線條、比例、色澤、質感著手處理，其次就是意象上的表達。現今生活意識、生命態度、環境關懷、能源問題……都必須反映在體驗經濟的細節裡，這種意識抬頭，要求產品不僅只為生理功能的目的服務而已，其人文內涵有助於提升人們對品質和對生命、環境珍惜的和諧態度，進而探索、開發。

八方新氣期許在這些意念下，帶出生活的積極自信，進而探索更多生活品質的可能，這就是時尚的概念。

我以此四個面相和精神，注入到行銷或產品的內容上。是為開創八方新氣的初衷，也是願景。

國家圖書館出版品預行編目資料

美學時光：王俠軍的文創原型／王俠軍著.——初版
——臺北市：大田，民98.06
面；公分.——（智慧田；088）

ISBN 978-986-179-127-2（平裝）

855　　98005762

智慧田 088

美學時光：王俠軍的文創原型
王俠軍◎著

發行人：吳怡芬
出版者：大田出版有限公司
台北市106羅斯福路二段95號4樓之3
E-mail:titan3@ms22.hinet.net　http://www.titan3.com.tw
編輯部專線（02）23696315　傳眞（02）23691275
【如果您對本書或本出版公司有任何意見，歡迎來電】
行政院新聞局版台業字第397號
法律顧問：甘龍強律師

總編輯：莊培園
主編：蔡鳳儀　編輯：蔡曉玲
企劃行銷：蔡雨蓁　網路行銷：陳詩韻
校對：蘇淑惠／陳佩伶
承製：知己圖書股份有限公司・(04)23581803
初版：二〇〇九年（民98）六月三十日　定價：新台幣 320 元
總經銷：知己圖書股份有限公司　郵政劃撥：15060393
（台北公司）台北市106羅斯福路二段95號4樓之3
電話：(02)23672044／23672047・傳眞：(02)23635741
（台中公司）台中市407工業30路1號
電話：(04)23595819・傳眞：(04)23595493
國際書碼：978-986-179-127-2 /CIP：855 / 98005762

廣告回郵
北區郵政管理局登記證北台字1764號
免貼郵票

To：大田出版有限公司　編輯部收

地址：台北市 106 羅斯福路二段 95 號 4 樓之 3

電話：(02) 23696315-6　傳真：(02) 23691275

E-mail：titan3@ms22.hinet.net

From：地址：..

姓名：..

＊請沿虛線剪下，對摺裝訂寄回，謝謝！

TITAN

大田出版

大田出版官網：www.titan3.com.tw

大田痞客邦部落格：titan3.pixnet.net/blog

大田會員討論區：discuz.titan3.com.tw/index.php

智　慧　與　美　麗　的　許　諾　之　地

＊請沿虛線剪下，對摺裝訂寄回，謝謝！

閱讀是享樂的原貌，閱讀是隨時隨地可以展開的精神冒險。

因爲你發現了這本書，所以你閱讀了。我們相信你，肯定有許多想法、感受！

讀 者 回 函

只要寄回《美學時光》回函，
就能立刻成爲〔八方新氣喜氣會員〕！
就有機會得到〔王俠軍設計的經典名片座〕！

◎超値活動一：

將《美學時光》回函寄回大田出版，
就有機會抽中經典名片座「雲遊」！
尺寸：L8.0 × W4.0 × H5.2(cm)
市價：1,280元
回函截止日期：2009年9月30日
得獎公布日期：2009年10月10日
（請密切注意大田痞客邦部落格與相關網站）

◎超値活動二：

凡在回函卡填寫下列資料，就能成為八方新氣「喜氣會員」！
原入會資格◎消費累計5萬台幣
（亦可親持回函至任一八方新氣〔新瓷藝廊〕申請，立即入會）
姓名：______________________________生日：___________________________
地址：____
Email：________________________________電話 / 手機：_________________
回函截止日期：2009年12月31日

◎八方新氣〔新瓷藝廊〕

仁愛旗艦店	台北市仁愛路三段125號	02-8773-8369
台北君悅店1F	台北市信義區松壽路2號	02-8789-8201
台北101Mall 5F	台北市信義區市府路45號	02-8101-7716
台北大葉高島屋4F	台北市士林區忠誠路2段55號	02-2833-1525
台北忠孝SOGO9F	台北市大安區忠孝東路4段45號	02-7711-7188
台中旗艦店	台中市西屯區市政北二路53號	04-2251-9389
高雄漢神巨蛋B1	高雄市左營區博愛二路767,777號	07-522-2196
高雄大立精品5F	高雄市前金區五福三路57號	07-241-7579

請說出對本書的其他意見：

大田出版有限公司編輯部 感謝您！